rütten & loening
AUFBAU VERLAGSGRUPPE

Andrea Schacht

Das doppelte Weihnachtskätzchen

Eine Geschichte

Rütten & Loening
Berlin

ISBN-10: 3-352-00737-3
ISBN-13: 978-3-352-00737-8

1. Auflage 2006

Einbandgestaltung Henkel/Lemme
Druck und Binden Bercker Graphischer Betrieb, Kevelaer
Printed in Germany

www.ruetten-und-loening.de

1. Kapitel
Silky wird abgeliefert

Silky stieg empört und grollend aus dem häßlichen Plastikkorb, in den ihre – ehemalige – Freundin und Vertraute sie so gänzlich ohne ihre Zustimmung und unter Vorspiegelung falscher Tatsachen gepackt hatte. Mißmutig leckte sie ihre weiße Pfote und wischte sich dann über das schwarze Ohr, um den imaginären Reisestaub abzuputzen. Danach betrachtete sie den blaugemusterten Teppich, befand ihn häßlich und verzog sich unter einen Sessel, um deutlich zu machen, daß sie mit dieser Behandlung nicht einverstanden war.

Nichtsdestotrotz spitzte sie die Ohren, um zu hören, was diese üble Machenschaft zu bedeuten hatte.

»O-Sensei, sie ist mir gram, aber was soll ich tun? Ich kann sie doch nicht mitnehmen!«

»Nein, Liebes, das kannst du nicht. Sie wird sich bestimmt bald beruhigen. Du weißt, wie sehr ich Katzen liebe. Es freut mich, daß du sie bei mir lassen willst.«

»Du wirst sie nach Strich und Faden verwöhnen, ich weiß. Aber ich muß dich warnen, sie ist keine Schmusekatze. Es ist gut, daß du diese Wohnung mit dem Gartenzugang gefunden hast. Es wird ihr Spaß machen, dort herumzustromern.«

»Ein unabhängiges Kätzchen, wie du, meine Enkelin?«

»Ein abenteuerlustiges, wie ich, ja, O-Sensei.«

Die Menschenfrau machte eine steife Verbeugung, stellte

Silky fest, eine Bewegung, die sie noch nie bei ihr beobachtet hatte. Der alte Mann lachte darüber.

»Du übst dich schon in asiatischer Höflichkeit, Hanae?«

»Mama-San hat es mir beigebracht, damit ich mich vor der Familie nicht blamiere. Ach ja, ich bin ein bißchen aufgeregt – ein Auslandssemester in Tokio wird nicht jedem gewährt.«

Was das für ein Ort war – Tokio – das wußte Silky nicht, aber es dämmerte ihr allmählich, daß ihre – treulose ehemalige – Freundin vorhatte, sie zu verlassen, und sie hier bei dem alten Mann bleiben sollte. Das war unfair. Das war nicht abgesprochen!

»Sie werden dich sicher mit großer Freundlichkeit aufnehmen, deine anderen Großeltern. Ich habe sie als sehr umgängliche Menschen in Erinnerung. Und mir wird Silky die Einsamkeit etwas erleichtern. Ich vermisse Dorothee noch immer.«

»Ich weiß, O-Sensei. Ihr wart fast fünfzig Jahre zusammen, und auch ich bin immer noch traurig. Hoffentlich ist dir meine schlimme Katze ein kleiner Trost. Wenn sie denn mal aufgehört hat zu schmollen.«

»Das wird sie schon bald.«

Schmollen? Als schmollen konnte man ihren Gemütszustand kaum noch bezeichnen, befand Silky. Zorn kam dem schon viel näher. Sie sandte ihrer – heimtückischen treulosen ehemaligen – Freundin einen giftigen Blick aus ihren grünen Augen zu, den diese aber schlichtweg ignorierte. Dabei hatte es so nett begonnen, vor über einem Jahr, als sie zu ihr kam. Aus dem Tierheim befreit hatte sie die zierliche Menschenfrau mit den seidigen schwarzen Haaren und den dunklen, wissenden Augen. Sie hatte sie gemocht, doch wirklich. Das war jetzt vorbei! Als sie sich nun vor dem Sessel niederkniete, um ihr zum Abschied über die Ohren zu streichen, knurrte sie einfach nur und hob drohend die Krallenpfote.

»Ach Silky, ich verlasse dich doch auch nicht gerne. Aber ich komme zurück, versprochen. Zu Weihnachten besuche ich euch.«

Das kannst du dir sparen! signalisierte Silky ihr, indem sie ihr das Hinterteil zudrehte.

Als Hanae gegangen war, hatte der alte Mann versucht, sie unter dem Sessel hervorzulocken, aber sie hatte widerstanden. Enttäuscht von der Gattung Mensch, hatte sie sich in einen schwarz-braun getigerten Muff verwandelt, an dem – außer dem Gesicht – kein Weiß zu erkennen war, und war in eine selbstgewählte Apathie versunken. Nein, nein, nicht in Selbstmitleid, Apathie, wie Katzen es tun, wenn sie warten, bis das Schlimmste vorüber ist. Selbstmitleid – pah!

Sogar den Hunger ignorierte sie, genau wie das Schälchen Sahne, das neben dem Sesselbein stand. Auch den Napf mit dem Thunfisch in Gelee, eigentlich ihr Lieblingsfutter.

Immerhin, der Alte hatte es aufgegeben, sie hervorzulokken und beschäftigte sich mit irgendwas in einem anderen Raum. Also – eigentlich könnte man da ja mal ...

Weil sie sich unbeobachtet fühlte, nahm Silky einige Bissen Futter zu sich und schlüpfte dann aus ihrem Versteck, um die Umgebung näher in Augenschein zu nehmen.

Es gab ein großes Fenster, bodentief, das auf eine geflieste Terrasse hinausführte, hinter der ein sauber gestutzter Rasen und einige ordentliche Blumenbeete lagen. Das war mäßig interessant, Menschen, die derartige Gärten anlegten, verscheuchten auch Mäuse. Andererseits wurde eine Seite des Geländes von einer wilden Hecke begrenzt, und dahinter schien sich eine Art Wildnis zu erstrecken. Das war schon vielversprechender. Wenn man denn mal aus dem Haus käme!

Kam man aber nicht. Die Glastür widersetzte sich allen noch so geschickten Manipulationen mit den Pfoten.

»Es wäre nett, wenn du den Fensterrahmen nicht zerkratzen würdest, Silky. In ein paar Tagen, wenn du dich eingewöhnt hast, darfst du auch raus, aber jetzt solltest du erst einmal die Wohnung kennenlernen!« sagte der Mann mit seiner tiefen, etwas heiseren Stimme. Sie war nicht gänzlich unangenehm. Aber was spielte das für eine Rolle. Sie setzte sich an das Fenster und starrte sehnsüchtig hinaus. Der Alte trollte sich. Gut so.

Ach, so ein bißchen in Erde scharren, den einen oder anderen übermütigen Vogel jagen, die Zaunpfosten nach Botschaften anderer Katzen abschnuppern, vielleicht eine kleine Keilerei anfangen ... Bei Hanae gab es solche Möglichkeiten. Sie hatte eine Katzenklappe in ein Fenster eingebaut, und sie durfte kommen und gehen, wie es ihr gefiel. Es gefiel ihr, zu den Mahlzeiten heimzukommen, und manchmal gefiel es ihr auch, sich auf ihren Schreibtisch zu setzen und beim Brummen des Computers zu dösen. Alles verloren, alles Vergangenheit, nur weil diese – egoistische, heimtückische, treulose ehemalige – Freundin es vorzog, nach wo-auch-immer zu reisen und sie kaltblütig zu verlassen. Hätte sie sie wenigstens draußen ausgesetzt! Aber nein, nein, sie mußte diesen lahmen Stoffel aufsuchen und sie hier hinter verschlossenen Türen schmachten lassen. Und das, wo sie doch mal mußte. Dringend!

Es blieb ihr nichts anderes übrig, sie hatte sich auf die Suche nach der Katzentoilette zu machen. So etwas richteten Menschen ein, weil sie nicht mochten, wenn man ihnen in die Schuhe pinkelte. Das wäre allerdings auch eine erwägenswerte Alternative.

Die Kiste mit dem Streu fand sie vor den Schuhen, direkt hinter der Tür zum Flur. Na gut, nichts wie hinein.

»Ich sehe, du hast dich schon zurechtgefunden, Silky!« tönte es von oben herab. »Dann wirst du sicher auch gleich das hübsche Körbchen in Besitz nehmen, das ich für dich hergerichtet habe. Wenn du mir bitte folgen würdest?«

Vergiß es, Alter! gab Silky dem Mann mit einem wütenden Scharren zu verstehen, wobei die Streukrümel nur so flogen. Dennoch sah sie ihm aus dem Augenwinkel nach. Komisch, der Mann hatte drei Beine, zwei davon ziemlich steif. Oder besser, das eine war wohl sogar aus Holz, das, worauf er sich mit der Hand stützte. Dunkel stieg in ihr die Ahnung auf, er gehöre wohl nicht mehr zu den Schnellsten und könne einer kleinen Hetzjagd durch die Wohnung nur wenig abgewinnen.

Noch so ein Debakel! Wenn mal so richtig tierisch schlechtes Wetter war – also Schneeregen und Wind und so – dann war Hanae wenigstens immer bereit gewesen, mit einem Korken an der Schnur mit ihr durch die Zimmer zu toben.

Sie mußte einen Weg nach draußen finden, das war es. Und wo eine Katze raus will, da kommt sie auch raus. Man mußte nur findig und gewandt sein.

Silky machte sich also auf die Suche nach einer Öffnung

und inspizierte dabei die neuen Räumlichkeiten. Das Wohnzimmer hätte den gefälligsten Ausgang geboten – die großen Fenstertüren direkt in den Garten. Der Flur führte ebenfalls zu einer Tür, hinter der es nach Freiheit roch, ein weiteres Zimmer roch nicht nach Freiheit, sondern nach staubigem Papier. Die Wände waren voll davon, in hohen Regalen stapelten sich Bücher über Bücher, viel mehr, als Hanae davon besaß, obwohl die sich auch gerne mit diesem Zeug umgab. Das Fenster zwischen den Holzregalen, die man gut bekratzen konnte, war leider geschlossen, obwohl es zur Straße wies. Ein dritter Raum beinhaltete ein Bett, straff bezogen, ein paar Kleidungsstücke und ein – wieder mal – geschlossenes Fenster zum Garten hin. Die Küche, ein sympathischer Ort, tatsächlich, war zwar klein, verströmte aber vielfältige angenehme Düfte, wenngleich auch hier das Fenster sich allen Versuchen, es zu öffnen, widersetzte. Dann aber fand sich eine angelehnte Tür, die mit geschicktem Pfoteneinsatz aufging, und die in diesen ekelhaften Raum führte, in dem die Menschen sich mit Wasser – igitt – wuschen. Trotz aller Abneigung überquerte Silky den Fliesenboden, denn hier war das Fenster angekippt. Das war die Öffnung zur Freiheit. Schwierig war es zwar, sich durch den nach unten immer enger werdenden Spalt hindurchzuzwängen, und fast hätte sie sich dabei selbst erwürgt. Aber dann war es geschafft, und nur ein kleiner Sprung vom Sims war nötig, um das Kräuterbeet zu erreichen.

2. *Kapitel*
Maunzi sucht ein neues Heim

Maunzi strich verloren durch sein Revier. Die Sommerblumen waren verblüht, die Schmetterlinge hatten ihren Tanz um die Blüten aufgegeben, das Gras, ungemäht seit Wochen, wurde gelb, das Wasser im Vogelbecken hingegen grün. Ja, es gab Mäuse in der Hecke, die in diesem Jahr wild zugewachsen war. Fette Mäuse, die sich Winterspeck anfutterten, nahrhaft selbstverständlich und bekömmlich, aber er vermißte die in Butter gedünsteten Seelachsstückchen, die Putenbrust in Sahnesauce, die Häppchen gekochten Schinkens, direkt aus der liebevollen Hand gefüttert.

Er hatte einen durchaus akzeptablen Platz im Gartenhäuschen gefunden, einen alten Jutesack zerlegt und zu einem weichen Nest gestaltet, wo er von den Witterungsunbillen – vor allem der Feuchtigkeit – geschützt war. Aber das war nichts gegen die Angoradecke in seinem halbrunden Weidenkorb oder gar die Schlafstelle in dem Bett, das er mit seiner Menschenfrau geteilt hatte.

Sie war fort. Eines Nachts hatte ihr Herz aufgehört zu schlagen, ganz einfach. Sie kam nicht mehr zurück. Was es mit dem Tod auf sich hatte, wußte Maunzi. Man verließ diesen Körper, um fortzugehen in eine andere Welt. Die Katzen wanderten dann auf den goldenen Steppen, die Menschen hatten wohl ähnlich paradiesische Gefilde, in denen sie sich von den Strapazen des Erdenlebens erholten. Die alte Frau tat ihm nicht leid, sie würde es gut haben, dort wo sie jetzt war, denn sie war ein freundlicher Mensch und liebevoll zu den Seinen gewesen. Er war es, der sich leid tat. Er hatte sein Heim, seine Freundin, seine Leckerchen und seine Streicheleinheiten verloren. Die Fenster und Türen des Hauses waren ihm verschlossen, die Katzenklappe von innen zugestellt.

Natürlich konnte ein gestandener Kater in einem gepflegten Revier ohne weiteres überleben, aber er war ein geselliger Genosse, ihm fehlte menschliche Ansprache. Ein paarmal hatte er versucht, in einem anderen Haushalt Einlaß zu finden, aber bei dem einen lauerte ein grimmiger Köter in der Hundehütte, bei dem anderen wurde er mit einer Wasserspritze verjagt, ein dritter war ihm schlichtweg zu turbulent. Ja, ja, er war wählerisch, er wußte es selbst. Vor allem liebte er sein Haus und den Garten.

Dann aber passierte etwas, das ihn Hoffnung schöpfen ließ. Eines Tages stand ein Lieferwagen vor der Tür, und drei kräftige junge Männer schleppten allerlei Möbel und Kisten in das Haus. Die Türen und Fenster standen wieder offen, Stimmen erfüllten die Räume, und die Kühlschranktür klappte verlockend auf und zu.

Er machte sich daran, die neuen Bewohner und ihre Gepflogenheiten zu beobachten.

Wie sich zeigte, handelte es sich lediglich um einen Bewohner, einen jungen Mann, der die zwei Zimmer im Untergeschoß bewohnte, oben die Wohnung der alten Dame betrat er nicht. Aber immerhin, es tat sich etwas!

Es kam nämlich auch eine Frau, ebenfalls recht jung, hin und wieder zu ihm, und heimlich belauschte er sie.

»Nicht schlecht, Jens! Geradezu luxuriös für einen armen

Studenten, ein ganzes Haus mit Garten!« rief sie aus und tanzte ausgelassen durch die Räume.

»Das wird sich zeigen, Nadine. Ich hab's billig bekommen, aber dafür muß ich den Garten in Ordnung halten. Weiß der Himmel, was das für eine Knochenarbeit ist. Und wenn die Erbengemeinschaft die Kiste verkauft, kann ich vermutlich meine Sachen gerade wieder einpacken. Aber solange es andauert, ist es in Ordnung.«

»Ach, Erbschaftssachen ziehen sich lange hin, ich sehe dich hier noch deine Doktorarbeit schreiben.«

Maunzi überlegte nicht lange, was Erbschaftssachen oder Doktorarbeiten bedeuteten, in seiner Welt kam es zum Glück auf so etwas nicht an. Er konstatierte nur beruhigt, daß der neue Bewohner, jener Jens, wohl einige Zeit bleiben würde. Er beschloß, Freundschaft mit ihm zu schließen.

Das hingegen gelang nicht ohne weiteres. Und zwar einfach deshalb, weil dieser Mensch ein sehr umtriebiges Leben führte und nur selten zu Hause anzutreffen war. Morgens fuhr er mit einem klapprigen Auto fort und kam erst abends wieder, meist mit irgendeiner verlockend duftenden Pappschachtel in der Hand, aus der er dreieckige Stücke herausnahm und schon im Gehen aufaß. Einmal war ein Happen davon heruntergefallen, und Maunzi hatte mit großem Genuß die Mischung aus Sardelle und Käse aufgeleckt. Was gäbe er nicht für einen Napf voll derartig würziger Köstlichkeiten. Aber Jens bemerkte ihn nicht, warf die Tür hinter sich zu, drehte die Musik auf volle Lautstärke, und nach einer Weile verschwand er wieder, oder es kamen mehrere Leute zu Besuch und es ging turbulent her, weshalb ein ruhebedürftiger Kater dann doch wieder sein Sanktuarium im Gartenhäuschen aufsuchen mußte.

Auch in dem angrenzenden Garten hinter der Hecke gab es Veränderungen, und einmal hatte er bei einem vorsichtigen Streifzug bis zum Haus festgestellt, daß die Frau, die ihn vor einigen Wochen mit der Wasserspritze verjagt hatte, dort nicht mehr lebte. Nichtsdestotrotz war er außerordentlich vorsichtig und beobachtete das geschäftige Kommen und Gehen der Handwerker und Möbelpacker aus sicherer Distanz. Wie es schien, zog ein älterer Herr dort ein, der sich etwas mühsam an einem Stock fortbewegte. Wie weit der mit der Wasserspritze umgehen konnte, wollte Maunzi zunächst noch nicht ausprobieren. Mit Wasserschlauch und Gartengeräten jedoch schien er vertraut zu sein, er vergnügte sich offensichtlich gerne an den Beeten, rupfte hier, zupfte dort, pflanzte Kräuter und versteckte Zwiebeln in der Erde. Warum er das tat, mußte Maunzi natürlich ergründen und grub sie, als der Mann aus dem Garten verschwunden war, wieder aus.

Gut, daß er am nächsten Tag unter den Büschen versteckt blieb, denn der Mensch gab ziemlich unwirsche Worte von sich, als er das durchgewühlte Beet entdeckte. Dann also lieber doch weiter versuchen, sich bei dem jungen Mann einzuschleichen.

Es gelang Maunzi an einem regnerischen Nachmittag, denn da hatte Jens vergessen, das Badezimmerfenster zu schließen, und mit einer waghalsigen Kletteraktion gelang es dem wendigen Kater durch die schmale Öffnung in das Innere zu kriechen, obwohl er sich dabei in dem nach unten immer enger werdenden Spalt beinahe selbst erwürgt hätte. Ein kleiner Sprung vom Sims, und er landete auf der flauschigen Bademattte.

3. *Kapitel*
Nächtliche Sorgen

Professor Dr. Maarten Evan war ein kultivierter, gebildeter Herr Anfang siebzig, der, nachdem er sein aktives Berufsleben an der Universität, wo er Geschichtswissenschaften lehrte, beendet hatte, durchaus nicht dem Müßiggang frönte. Er hatte jedoch zwei große Schicksalsschläge hinnehmen müssen – zum einen einen Autounfall, nicht selbst verschuldet, sondern von einem betrunkenen Fahrer verursacht, der ihn das rechte Bein gekostet hatte, zum anderen den Tod seiner Frau, ebenfalls eine Folge jenes fatalen Unglücks. Dennoch hatte er weitergelebt, seine Forschungen fortgeführt und an seinem bahnbrechenden Werk über die mittelalterliche Geisteswelt der Beginen gearbeitet. Auf Grund seiner Behinderung und auch bedingt durch den Verlust seiner Gattin hatte er sein großes Haus zu Gunsten einer modernen, im Parterre gelegenen Wohnung aufgegeben, die ihm zudem den Luxus eines Stückchens Garten bescherte. Denn in der Erde wühlte er als Ausgleich zu seiner geistigen Tätigkeit nur zu gerne herum.

Trotz aller Annehmlichkeiten war er einsam. Natürlich gab es Freunde und Kollegen, manche Treffen und gute Unterhaltungen, natürlich waren da seine beiden Kinder und seine Enkel, aber die Familie war weit verstreut, eifrigst mit der eigenen Karriere und Lebensgestaltung beschäftigt und hielt den Kontakt überwiegend mit Telefongesprächen oder

Emails aufrecht. Einzig Hanae, die an seiner alten Universität studierte, besuchte ihn regelmäßig. Er gestand es sich selbst ein, nicht nur deswegen war sie sein Augapfel. Sie hatte viel Ähnlichkeit mit seiner verstorbenen Frau und war ein heiteres, kluges Mädchen, das zu einer schönen, liebenswerten und hochintelligenten jungen Frau herangewachsen war. Sie teilte wie er seine tiefe Liebe zu den Katzen. Früher waren immer ein oder zwei um sie herum gewesen, doch auch diesbezüglich hatte das Leben für ihn eine traurige Wendung genommen. Denn als der Unfall passierte, kamen er und seine Frau gerade vom Tierarzt, der ihre unheilbar kranke Katze hatte einschläfern müssen. Danach fand er nicht mehr die Kraft, ein neues Tier aufzunehmen. Deshalb aber war er eigentlich ganz glücklich, als Hanae ihm die Entscheidung abgenommen und ihm diese niedliche Silky ins Haus gebracht hatte, damit er ihr für ein paar Monate ein Heim gab. Allerdings war diese Katze – wie er schon vorgewarnt worden war – wirklich kein Schmusetiger. Gut, die Fahrt, die ungewohnte Umgebung und der fremde Mensch hatten sie irritiert. Aber Dr. Evan hatte genug Geduld und Erfahrung mit Katzen, um zu wissen, sie würde sich spätestens nach zwei Tagen daran gewöhnt haben. Immerhin hatte sie ja schon von dem Futter genascht und sich unter dem Sessel hervorgewagt, um die Wohnung zu erkunden. Er nahm sich vor, sie erst einmal in Ruhe zu lassen.

So saß er dann auch wieder an seinem Schreibtisch, blätterte in alten, verstaubten Folianten, machte sich Notizen und versank in der Welt des Mittelalters, während sich die frühe Dämmerung über das Land legte. Erst zwei Stunden später reckte er sich, nahm die Brille von der Nase und rieb sich die Augen. Ja, ein leichtes Abendessen wäre jetzt nicht schlecht, überlegte er. Und eine Katze war keine Katze, wenn das Geräusch einer Kühlschranktür, der Geruch von bratenden Hühnerbrüstchen und Sahnesauce sie nicht in die Küche trieb.

Doch diesmal täuschte er sich in der Einschätzung genau dieser speziellen Felinen. Silky schien noch immer in ihrer Schmollecke bleiben zu wollen, sie tauchte weder bei der Essenszubereitung noch bei seinem einsamen Mahl am Eßtisch im Wohnzimmer auf. Als er das Geschirr abräumte, wurde er allmählich unruhig. Zimmer für Zimmer suchte er ab, öffnete jede Schranktür, schaute hinter Regale und unter sein Bett, schüttelte alle Decken und Kissen auf, denn aus Erfahrung wußte er, an welch exotischen Stellen sich eine Katze verstecken konnte. Doch die ihm Anvertraute bleib unsichtbar, hörte nicht auf ihren Namen, nicht auf lockendes Gurren und Maunzen, nicht auf das Rascheln von Trokkenfutter oder das Klappern von Milchschälchen. Als er die angelehnte Badezimmertür aufstieß, wurde sein allmählich aufkeimender Verdacht Gewißheit. Das gekippte Fenster wies einige Katzenhaare am Rahmen auf.

Silky war ihm also wirklich ausgebüxt.

Er schalt sich selbst einen unbedachten Dummkopf, gerade dieses Fenster nicht geschlossen zu haben. Ein entsetzlich schlechtes Gewissen packte ihn, denn was sollte er nur Hanae sagen, wenn ihm ihre Silky abhanden gekommen war. Er zog sich feste Schuhe und eine warme Jacke an und machte sich mit einer Taschenlampe auf den Weg nach draußen. Inständig hoffte er, sie möge sich im Garten aufhalten und nicht über die Straße gelaufen sein. Er rief nach ihr jedoch erst einmal vor dem Haus, schaute über Hecken und Zäune, leuchtete unter parkende Autos, zwischen Mülltonnen und abgestellte Fahrräder. Kein Katzenschwanz zu sehen, nirgendwo zwei schimmernde Augen im Lichtstrahl. Dann nahm er sich den Garten vor und war froh darüber, daß der neue Bewohner von nebenan wohl ausgegangen war, denn gewöhnlich hatte er die Musik laut aufgedreht, und die wummernden Bässe wären lauter als seine lockenden Rufe gewesen. Silky hätte sich vermutlich von dem Gedröhne abschrecken lassen, glaubte er. Es war feucht und schmutzig, die Erde durchweicht, und Nieselregen näßte seine Haare. Trotzdem ließ er nichts unversucht, sie zu finden.

Er war schon recht verzweifelt, als er schließlich über die Terrasse zurückging, nicht wissend, daß nur wenige Schritt entfernt eine schwarz-braun getigerte Jägerin geduldig ein Mauseloch bewachte und ihre schwarzen, überaus empfindlichen Ohren seinen Rufen gegenüber auf Durchzug gestellt hatte.

Das Einzige, was ihm übrig blieb, war, das Katzenkörbchen und das Futter vor die Tür zu stellen. Vielleicht würde die Katze die Bequemlichkeit zu schätzen wissen, und er fände sie am nächsten Morgen dort vor.

Er verbrachte einen sorgenvollen Abend, immer wieder schaute er aus dem Fenster in die katzenlose Dunkelheit. Dem Abend folgte eine unruhige Nacht, und gegen vier wurde er von einem lauten Protestmiau aus dem Schlaf gerissen. Mühselig humpelnd, eilte er zum Schlafzimmerfenster und ließ Silky, kalt und mit feuchtem Pelz, ins Zimmer. Mit hochgerecktem Schwanz marschierte sie in die Küche und maunzte noch einmal fordernd.

Professor Dr. Evan gehorchte diesem Befehl augenblicklich und füllte ein weiteres Schälchen mit frischem Futter. Es wurde in Windeseile verschlungen, dann trollte sich das Tier, sprang auf den Sessel, unter dem es sich zuvor versteckt hatte und fiel umgehend in einen abgrundtiefen Schlaf.

Versonnen streichelte der alte Mann den weichen Pelz.

4. Kapitel
Brummkopf und Knickpfote

Etwa zum gleichen Zeitpunkt kletterte Jens aus dem Auto seiner Freundin, die ihm mürrisch befahl, die Hände von ihr zu lassen und seinen Suffkopf ins Bett zu verfrachten. Nicht besonders elegant wankte der Gescholtene Richtung Haustür und hatte reichlich Mühe, mit dem Schlüssel ins Schloß zu zielen. Dabei plagte ihn auch noch ein markerschütternder Schluckauf. Nach etlichen fehlgeschlagenen Versuchen aber gelang es ihm endlich, in seine Wohnung einzutreten, und die Tür fiel mit einem Krachen hinter ihm zu. Mit dem Gleichgewicht kämpfend, tastete er sich die Wand entlang und suchte einen Lichtschalter, fand ihn aber nicht, sondern stolperte über ein paar Joggingschuhe, die sich ihm gemeinerweise in den Weg gestellt hatten, machte einen Satz nach vorne und wurde durch ein gellendes Kreischen aufgeschreckt. Er fiel gegen einen Tisch, der bestimmt hier noch nie gestanden hatte, schlug sich an der Kante den Kopf an und ging halb benommen zu Boden.

Als er wieder zu sich kam, schien eine blasse Herbstsonne in sein Arbeits-Wohnzimmer und brachte seinen Schädel lauthals zum Brummen. Entsetzt schloß er die Augen wieder. Herrgott, war das eine Fete! Mühsam erinnerte er sich an ein seltsames Gebräu, das seine Freunde zubereitet hatte. Irgendwie sollte es wohl eine Feuerzangenbowle gewesen sein, aber vermutlich hatte es sich um reinen Alkohol gehandelt, der dem Geschmack in seinem Mund nach nicht aus der Flasche, sondern aus der Scheibenwaschanlage eines altersschwachen polnischen Lkws stammen mußte. Er tastete vorsichtig nach der Gegend, wo er seinen Kopf vermutete, fand ein Büschel Haare und eine hühnereigroße Beule und jaulte auf. Was war in der Bowle gewesen, das sogar seinen Schädel äußerlich deformierte?

Er tastete weiter um sich und bekam noch ein Büschel Haare in die Hand, das ebenfalls aufjaulte. Waren Teile seines Kopfes schon abgefallen?

Mühsam blinzelte er und konnte gerade noch ein schwarzbraun getigertes Etwas auf drei Beinen zum Fenster humpeln sehen. Er zwinkerte. Gut, weiße Mäuse sah er noch nicht, aber vier weiße Pfoten, eine hintere davon angewinkelt. Ein Katzengesicht, weiß, mit schwarzen Ohren und einer Fellzeichnung, die vage an einen verrutschten Mittelscheitel erinnerte, betrachtet ihn ebenso jämmerlich wie er sich fühlte.

Wie kam eine Katze in seine Wohnung?

Und wie kam er selbst eigentlich auf den harten Fußboden unter seinem Arbeitstisch?

Mit einiger Mühe rekonstruierte er seine nächtliche Heimkehr, und eine nebelhafte Erinnerung an Stolpern, Sturz und gellenden Schrei brachte ihm die üble Gewißheit, daß die Schuld an der bedauerlichen Verfassung dieses Tieres bei ihm lag.

Jens war zwar ein lebenslustiger Bursche, der einer Feier nie widerstehen konnte, aber er fühlte auch eine tiefe Zuneigung zu Katzen und konnte kein Lebewesen leiden sehen. Er kam auf alle Viere und näherte sich dem kleinen Tiger, der sich etwas unbeholfen auf dem Flokati niedergelassen hatte.

»Hab ich dich getreten, Mauser?«

Vorsichtig streckte er die Hand aus, und die rosige Nase näherte sich, um daran zu schnuppern und zog sich dann mit einem Niesen zurück.

»Riecht scheußlich, klar. Ich werde versuchen, meinen Kater unter der Dusche wegzuschwemmen, dann bringe ich dich zum Tierarzt, einverstanden? Hey, du guckst ja, als könntest du mich verstehen!«

Er streichelte über den warmen Pelz und kraulte ein wenig die Ohren. Ein Schnurren belohnte ihn.

»Gut, eine Schale Milch teilen wir uns vorher auch noch! Das macht müde Männer ja angeblich munter.«

Die heiße und kalte Wechseldusche tat ihre Wunder, die kalte Milch und der höllenschwarze Kaffee ebenfalls, und ganz vorsichtig wickelte Jens dann die seltsam zutrauliche Katze in eine Decke und trug den Patienten zu seinem Auto.

Zum Glück gab es ganz in der Nähe eine Tierarztpraxis, wo er seinen Notfall sofort präsentieren durfte.

Die Ärztin, Frau Dr. Krause, untersuchte die Hinterpfote gründlich und stellte dabei einige Fragen zur Herkunft des Tieres. Als Jens angab, er habe es bisher noch nie gesehen, wohne aber auch erst seit zwei Wochen in der Einliegerwohnung des Hauses der alten Dame, zog sie eine Karteikarte aus ihrem Kasten.

»Ich bin mir fast sicher, Herr Krauskopf, daß es sich bei diesem Kater ...«

»Gott, noch ein Kater!« murrte Jens, und die Ärztin lachte.

»Ja, aber der ist nicht halb so groß wie Ihrer. Also, dieser Kater ist aller Wahrscheinlichkeit nach Maunzi. Er gehörte der verstorbenen Hausbesitzerin.« Sie sah in die grünen Augen des Katers und murmelte leise: »Maunzi?«

Die Ohren drehten sich zu ihr, und ein kleines »Mirrrip«, schien den Namen zu bestätigen.

»Sie hat ihm damals einen Transponder einsetzen lassen, einen Augenblick, gleich haben wir dich einwandfrei identifiziert, Maunzi.«

Er war es tatsächlich, und als sie ihm eine Spritze gegeben hatte, erläuterte Frau Dr. Krause: »Er hat eine böse Prellung, aber das heilt die Natur, wenn er etwas Ruhe hat. Könnten sie ihn einige Tage aufnehmen und füttern, damit er sich erholen kann? Ich glaube, er hat die letzte Zeit draußen gelebt, die Erben des Hauses scheinen sich nicht um ihn zu kümmern. Ansonsten sollten Sie ihn gleich ins Tierheim bringen.«

»Auf gar keinen Fall. Natürlich werde ich ihn bei mir aufnehmen. Ich mag Katzen, und dieser – Maunzi – scheint ein verträglicher Kerl zu sein.«

»Er war sehr anhänglich und sehr gut gepflegt. Geimpft ist er auch, also brauchen Sie sich darum erst einmal keine Sorgen zu machen. Kommen Sie nächste Woche noch mal mit ihm vorbei!«

Der Kater war wirklich ein unproblematischer Hausgenosse, stellte Jens fest. Er hatte ein paar Dosen Katzenfutter gekauft und sogar in eine Katzentoilette investiert, die Maunzi ohne große Aufforderung anerkannte. Drei Tage humpelte er noch durch die zwei Zimmer, die der Student bewohnte, dann wurden seine Bewegungen wieder geschmeidiger, und als Jens mit ihm noch einmal in der Praxis vorstellig wurde, erklärte man ihn für geheilt.

»So, dann darfst du auch wieder raus, mein Junge«, erklärte Jens ihm, und Maunzi sah ihn verständnislos an, als er die Katzenklappe zum Garten öffnete.

»Nicht raus?«

Maunzi drehte sich um und wanderte mit hocherhobenem Schwanz Richtung Schlafzimmer, um sich dort in das ungemachte Bett zu legen.

5. Kapitel
Raufereien

Silky hatte sich mehr schlecht als recht arrangiert. Klar war die Unterkunft komfortabel, sicher war das Körbchen weich und kuschelig, natürlich gab es reichlich gutes Essen und selbstverständlich die höfliche Aufmerksamkeit, die einer Katze von Rang gebührte, aber dieser alte Mann verlangte zuviel. Er war einfach zu anhänglich, brauchte ständig Bestätigung und Beachtung und machte vor allem immer gleich einen Aufstand, wenn sie nachts mal etwas länger durch das Revier streifte. Er hätte es lieber gesehen, wenn sie in seinem Bett geschlafen hätte, aber das kam nicht in Frage. Etwas Distanz mußte sein. Auf der anderen Seite, wenn sie mal Aufmerksamkeit verlangte, beispielsweise ein schönes Spielchen mit herumliegenden Telefonen, Fernbedienungen oder Kugelschreibern machen wollte, nahm er ihr die Dinge weg und mahnte sie sanft, sich nicht daran zu vergreifen. Ein dummes Bällchen hatte er ihr dafür gegeben, pah! Dreimal durch die Wohnung geschubst, dann war es unter einen Schrank gerollt, von wo es auch nach längerem Belauern nicht wieder hervorkam. Dummes Teil, das. Auch als Raufpartner erwies sich der Alte als gänzlich ungeeignet. Sie war einmal an ihm hochgesprungen, nur so ein bißchen, da hatte er sie geschimpft, statt richtig mit ihr zu rangeln. Hanae hatte das oft mit ihr gemacht, und sich nicht mal beschwert, als sie ihr anfangs aus Versehen dabei ordentliche

Kratzer verpaßt hatte. Inzwischen hatte Silky jedoch gelernt, die dünne Menschenhaut mit Vorsicht zu behandeln und die Krallen eingezogen zu lassen, wenn sie an den Aufrechten ihre Kampftechniken erprobte. Na ja, solange kein Stoff über deren hauchdünnem Fell lag. Aber in ein Hosenbein oder einen Wollpullover – ja, da durfte man schon mal reinkrallen!

Nicht bei dem alten Mann. Der verbot sogar das.

Gerade wieder hatte es eine solche Auseinandersetzung wegen einer Kaschmirjacke gegeben, und Silky kratzte auffordernd an der Terrassentür. Immerhin war er gehorsam und öffnete sofort.

»Bleib nicht so lange weg, Silky!« gab er ihr noch mit auf den Weg, was sie geflissentlich überhörte. Ihr Ziel war das wunderbar verwilderte Nachbargrundstück, das eine reiche Auswahl an gut bewohnten Mauselöchern bot.

Maunzi hatte sich ebenfalls einigermaßen arrangiert. Sein Mensch kam seinen Verpflichtungen ihm gegenüber zwar pünktlich nach, machte morgens und abends ein Döschen auf, sorgte für frisches Streu im Klo – na ja, meistens jedenfalls – gestattete ihm den Zugang zu allen Räumen und erlaubte ihm, auf dem warmen Heizkörper zu liegen. Aber jeden Tag aufs neue gab es eine Auseinandersetzung über die Frage, wie lange er sich draußen aufzuhalten hatte. Maunzi schätzte sein Heim, lange genug hatte er ohne Komfort und Annehmlichkeiten im Garten leben müssen. Bei der alten Dame durfte er im Sessel liegen und fernsehen, in der Küche beim Kochen helfen und nachts in ihrem Bett schlafen. Jens schubste ihn von dem schäbigen Sofa, weil er seine langen

Beine selbst darauf ausstrecken wollte, die Küche besuchte er nur, um sich ein Bier aus dem Kühlschrank zu holen, und im Bett duldete er ihn schon gar nicht, weil die blöde Schnepfe, die ihn hin und wieder besuchte, rummaulte, das sei unhygienisch. Dabei roch die viel durchdringender als ein sauber geschleckter Kater, an dem nun wirklich kein Stäubchen zu finden war. Überhaupt war die ein Makel in der gesamten Kater-Mensch-Beziehung. Mit der nämlich schmuste Jens herum, mit ihm nie. Dabei sehnte er sich doch so sehr danach, gekrault, gebürstet, gekuschelt und gewuschelt zu werden. Jetzt stand das blöde Huhn wieder vor der Tür, und Jens schob ihn durch die Katzenklappe nach draußen und verschloß sie von innen. Er würde nachher wieder krakeelen müssen, was das Zeug hielt, damit er sie öffnete.

Silky hatte schon bei ihrem ersten Rundgang festgestellt, daß sich unter dem hölzernen Gartenhäuschen eine prächtige Kolonie Haselmäuse angesiedelt hatte, die wohlgenährt von den herabfallenden Nüssen des Haselbusches ihren Winterspeck ansetzten. Zu dieser Stelle zog es sie immer wieder hin, und die nachlässige, inzwischen beinahe verblaßte Markierung eines Katers überdeckte sie mit ihrer eigenen Duftmarke, zum Zeichen dafür, daß es sich um ein von ihr erobertes und besetztes Gebiet handelte. Bisher hatte es noch keinen Widerspruch gegeben, obwohl gewisse andere Hinweise existierten, daß zu dem Haus eben jener Kater gehörte. Einer, der es offensichtlich vorzog, im Warmen zu sitzen und sich von seinem Menschen bedienen zu lassen – na, das war Geschmackssache. Sie selbst zog das freie Leben vor, zuviel Menschenkontakt verweichlichte nur.

Unter einem vertrockneten Grasbüschel – der Garten war in einem erfreulich ungepflegten Zustand, ganz anders, als das Fleckchen, das zu ihrem Haus gehörte – raschelte ein Beutetier. Geduckt und mit unsagbar langsamen und vorsichtigen Schritten, unhörbar für ihr Opfer, schlich Silky sich an. Das war doch wirklich mal was anderes, als mit Bällchen spielen. Da, ein Sprung, die Maus entwischte. Hah! Nicht für lange. Regungslos blieb das braune Pelzchen neben einem herabgefallenen Ast sitzen. Ebenso regungslos blieb Silky sitzen. Ein Tier, das sich nicht bewegte, war reizlos. Man mußte auf die Herausforderung warten.

Sie kam im nächsten Moment.

Die Flucht der Maus endete tödlich.

Zufrieden mit ihrer Arbeit, machte Silky sich daran, den Imbiß zu verzehren.

Mit einem ihrer wachsamen Ohren nahm sie dabei jedoch wahr, wie sich die Katzenklappe in Haus bewegte. Na gut, wenn der Weichpelz von nebenan mal gelüftet werden mußte – sie störte das nicht im mindesten.

Maunzi hielt prüfend die Nase in die Luft. Ja, der Herbst würde bald in den Winter übergehen. Das Laub war von den Bäumen gefallen und lag in matschigen Haufen auf dem Rasen. Jens hatte es unter Murren zusammengerecht und einen Teil davon in die Mülltonne gestopft. Der Rest war durch Regengüsse naß geworden, und noch immer flatterten weitere braune und gelbe Blätter von den Ästen. Manchmal war es ganz lustig, sie zu jagen, aber lieber hätte er eines der bunten Bällchen herumgeschubst, die man so schön unter die Möbel rollen lassen konnte und dann mit gaaanz langen

Pfoten wieder hervorkrallen mußte. Das war ein Spiel, bei dem man wahre Geschicklichkeit beweisen konnte. Aber dazu war sein Mensch nicht aufgelegt. Mißmutig trottete Maunzi zur Hecke und stutzte plötzlich. Ein neuer Geruch mischte sich hier in den herbstlichen Moder – der einer anderen Katze.

Er hielt inne und schärfte seine Sinne. Jemand hatte Spuren hinterlassen, deutlich an dem Gartenhäuschen, das er als sein eigen betrachtete. Es roch nach Kätzin! Und nach toter Maus! Da jagte eine wildfremde Kätzin in seinem angestammten Revier. Genau vor seiner Nase und noch vor ganz kurzer Zeit. Er lauschte in alle Richtungen. Ja, genau, von da drüben klang das leise Knurpseln und Schmatzen, das darauf hinwies, daß gerade ein Opfer verspeist wurde. Nun, dieses Vergnügen würde er der aufdringlichen Gesellin verderben. Er machte sich flach und schlich sich an. Ja, da saß sie, putzte sich jetzt mit lässiger Miene, als gehöre der Garten ganz ihr, die Pfote und bemerkte sein Näherkommen nicht. Mit dem Hinterteil ruckelte er sich zurecht, so daß er mit einem mächtigen Satz auf sie springen konnte. Dann gab er ein warnendes Brummen von sich.

Sie sah auf und machte einen Buckel.

War nicht besonders beeindruckend.

Er bedachte sie mit einer Schmährede ob ihrer jämmerlichen Pose und gab ihr zu verstehen, sie solle sich besser ohne Widerworte aus seinem Terrain verziehen.

Sie schloß die Augen zu schmalen Schlitzen und fauchte einige üble Beleidigungen zurück, des Inhalts, er als Stubentiger habe keinerlei Kompetenz, einer wilden jagenden Katze Vorschriften zu machen.

Wortgewandt war sie, das mußte Maunzi anerkennen, aber er war stimmgewaltiger. Er kreischte sie an, sich zu verpissen, was sie mit einem anschwellenden Geheul beantwortete, wenn hier jemand den Acker zu verlassen hätte, dann sei er es. Und fügte dann frecherweise hinzu, er möge sich trollen und mit seinen Stoffmäusen spielen.

Das konnte Maunzi nicht auf sich sitzenlassen und zeigte ihr die Kralle. Sie haute ihm eine runter. Er warf sich über sie und kniff ihr ins Ohr. Sie kratzte ihm über die Nase und wand sich aus seiner Umklammerung. Er hinter ihr her. Sie auf den Baum. Er auch. Auf dem untersten Ast begegneten sie sich wieder.

Beleidigungen wurden in größter Lautstärke ausgetauscht, und in ihr Geschrei mischte sich das angstvolle Rufen eines Mannes.

»Bist du das Zierpüppchen, das man Silky nennt!« spöttelte Maunzi und konnte sich nur durch einen Sprung nach unten vor der fliegenden Tatze retten.

Sie ließ sich auf ihn fallen und biß ihm ins Genick. Das war unfair, und er knallte ihr seine Hinterpfoten in die Seite. Sie schrie ihm ins Ohr, er fauchte zurück.

Silky fand, es war ein prächtiger Kampf. Mochte der Kissenpupser noch so laut verkünden, sie wildere in seinem Revier, er hatte in der letzten Zeit keine Marken gesetzt, und damit alle seine Ansprüche verwirkt. Das machte sie ihm auch mit Worten und Werken deutlich.

Er schaffte es, sich mit einem Satz aus ihrer Reichweite zu bringen und raste auf die Tür mit der Katzenklappe zu. Hämisch lachend beobachtete sie, wie er sich daran die Nase stieß. Das Ding war vermutlich verschlossen, sie hatte selbst schon probiert, durch diesen Einschlupf in das andere Haus zu kommen. Kurz und gut, der Kater mußte ein Mordslamento machen, bis ihm geöffnet wurde und erntete dafür auch noch von seinem Menschen einige mürrische Bemerkungen.

Dann aber ernüchterten Silky die Rufe ihres Aufpassers wieder. Rattenkacke und Mäuseschwanz, der Alte regte sich wieder mal auf, als ob sie von einem Wolfshund zerfleischt würde. Dabei war es doch nur eine der üblichen Keilereien, die das Leben so versüßten. Sie glättete mit einigen Zungenschlappern ihr zerzaustes Fell, drehte dem anderen Haus hoheitsvoll den Hintern zu und stakste, im vollsten Bewußtsein, die Siegerin geblieben zu sein, nach Hause zurück, um sich mit einer Schale Sahne zu belohnen.

Und den Alten zu beruhigen.

6. Kapitel
Rempeleien

Jens mochte den komischen kleinen Kater ganz gerne. Aber manchmal fand er ihn ein wenig zu aufdringlich. Immer strich er um seine Beine herum und verlangte irgendeine Art von Aufmerksamkeit. Aber gerade jetzt hatte er wenig Muße, sich ihm zu widmen. Die Vorlesungen an der Universität hatten begonnen, und da er (vor seinen Freunden säuberlich verborgen) im Grunde ein strebsamer Student war, nahm das Lernen recht viel Zeit in Anspruch. Er hatte eine Semesterarbeit zu schreiben, die ihm eine Menge Kopfzerbrechen bereitete, vier Klausuren standen an, für die es zu büffeln galt, und Nadine nörgelte schon eine ganze Weile herum, er habe so wenig Zeit für sie. Ein Mann konnte sich doch nicht zerteilen. Eins nach dem anderen erledigte man. Nicht gleichzeitig alles auf einmal, wie seine Freundin es von ihm forderte. Wenn er las, konnte er keine Katze streicheln, wenn er schrieb, konnte er keine Frau küssen, wenn er lernte, konnte er nicht gleichzeitig einkaufen gehen, den Garten winterfest machen und ein Festessen kochen. Mochte ja sein, daß Frauen so etwas hinbekamen – aber er war ein Mann, er mußte Schritt für Schritt vorgehen. Manche Schritte fielen dabei eben unter den Tisch. Wie die Sache mit dem Garten. Und dem Katerkraulen.

Jetzt gerade war der Schritt Einkaufen erledigt worden, und natürlich, selbstverständlich hatte er an Knabberfutter,

Döschen und Katzenstreu für Maunzi gedacht, die Flasche Prosecco nicht vergessen, einen Stapel Fertiggerichte zusammengesucht und sogar eine Kerze gekauft, damit er Nadine das gewünschte stimmungsvolle Mahl kredenzen konnte. Er hatte zudem an Spülmittel, eine Gartenschere und neue Socken für sich gedacht. Nachdem er die Einkäufe verstaut hatte, wollte er sich über den Garten hermachen. Ein – zwei Stunden vielleicht, dann mußte er sich dringend wieder den mittelalterlichen Glaubensgemeinschaften widmen, über die es die Semesterarbeit zu schreiben galt.

Er glitt mit seinen Gedanken schon zu der Kapitelgliederung ab, während er seinen Wagen in die schmale Anliegerstraße lenkte, und genau hier bewahrheitete es sich, daß ein Mann immer nur eins nach dem anderen tun sollte. Denn als er mit Schwung auf den angestammten Parkplatz vor seiner Haustür einbiegen wollte, bremste der Trottel vor ihm ab und setzte den Blinker. Er beabsichtige, diese Lücke für sich zu erobern. Fast zu spät und mit quietschenden Reifen hielt Jens hinter dem betulich einparkenden alten Herren. Gott, diese alten Knacker sollten doch den Lappen abgeben, grollte er wütend, während der Autofahrer weiter versuchte, möglichst akkurat in den Lücke zu steuern, und dabei noch einmal zurücksetzte.

Etwas zu unbedacht, und die Stoßstange der gepflegten Limousine touchierte die rostige seines klapprigen Kleinwagens. Jens kurbelte das Fenster runter und brüllte los: »Können Sie nicht aufpassen? Es gibt noch andere, die diese Straße benutzen!«

Die Tür des anderen Wagens öffnete sich, und mühsam stieg der Fahrer aus, Stock zuerst, dann ein steifes Bein, dann der Rest. Jens knurrte lautlos vor sich hin: »Zum Gehen zu lahm, aber noch Auto fahren!«

»Verzeihen Sie junger Mann, ich fürchte, ich habe Ihrem Fahrzeug eine Beule zugefügt!«

»Ach ja, fürchten Sie, Opa?«

Auch Jens stieg aus und ging nach vorne, um sich den Schaden anzusehen. Eigentlich war an dem sowieso schon recht verbeulten Blech keine neue Schramme zu erkennen, aber seine schlechte Laune fand in dem alten Herrn ein wohlfeiles Opfer.

Der hörte sich die Tirade an und schüttelte dann den Kopf.

»Junger Freund, Sie hätten mir auch ein wenig Spielraum lassen können. Ihr Bremsmanöver zuvor war auch recht knapp. Aber was soll's, lassen Sie einen Kostenvoranschlag machen, ich übernehme die Reparatur.«

»Klar, Sie machen sich's leicht. Dicke Kiste fahren und mit Geld um sich werfen. Aber ich hab' den Ärger damit und muß meine Zeit darauf verschwenden. Rentner!« fauchte Jens und wollte wieder einsteigen.

»Ungezogener Bengel! Für ein großes Maul reicht es gerade noch, aber von Achtung und Benehmen habt ihr Jungen alle keine Ahnung mehr«, giftete Dr. Evan zurück und begab sich ebenfalls zu seinem Fahrzeug, um in aller Ruhe ordentlich an den Randstein zu fahren.

Jens dampfte vor Wut. Nicht nur hatte ihn der Alte ihn ins Unrecht gesetzt, nein, er hatte ihm auch noch den letzten freien Parkplatz in Hausnähe weggenommen. Jetzt konnte er erst noch einmal ums Karree kreisen und schauen, ob es noch irgendwo eine Lücke gab.

Er fand sie zwei Straßen weiter, und bepackt mit seinen Einkäufen, trottete er zu seinem Haus, wo ihm Maunzi schon wieder mit fröhlichem Gemurre um die Beine strich.

»Laß es, Junge!« blaffte er ihn an und ließ den schweren Sack mit der Katzenstreu fallen. Er platze auf, und die Krümel verteilten sich über den ganzen Fußboden. Begeistert begann der Kater, darin zu scharren.

Jens gab ein ziemlich häßliches Wort von sich, Maunzi hielt mitten in seiner Beschäftigung inne und starrte ihn an.

»Okay, Kater, okay. Du bist nicht Schuld daran. Es ist mein Streß. Wir putzen das jetzt weg, und dann hilfst du mir, im Garten Ordnung zu machen, einverstanden?«

Ein dickes Ohrenzauseln besänftigte Maunzi, und er schnurrte seinen Menschen beruhigend an.

Silky hatte auf ihrem Lieblingsast gesessen, den die alte Buche so gefällig über die Straße hatte wachsen lassen, und mit ausgesuchtem Vergnügen beobachtet, wie die zwei Menschen sich einen kleinen Schlagabtausch lieferten. Dieser junge Mann war ein Raufer, richtig bissig und gut drauf. Der Alte aber war auch nicht schlecht, wenngleich er in einer echten Auseinandersetzung bestimmt den kürzeren gezogen hätte, lahm wie er war. Aber ein großer Bestandteil auch der kätzischen Zankereien bestand im Austausch gepflegter Beleidigungen, lautstarker Beschuldigungen und ausgesuchter Beschimpfungen. Einen richtig guten Ton hatte ihr Mensch schon gefunden. Er war es wohl geübt, jüngeren gegenüber seine Autorität gelten zu machen.

Sie kletterte also von ihrem Lieblingsplatz hinunter, denn aus dem Auto hatte ihr Mensch einen Korb herausgezogen, in dem sich, wie sie inzwischen aus Erfahrung wußte, ein erfreuliches Angebot an Futter befand. Man mußte kontrollieren, was da so beschafft wurde, auch wenn das hieß, ihm eine Runde Streicheln zu gestatten. Na ja, er kannte wenigstens die richtigen Stellen, und so schlimm war es auch wieder nicht.

Dr. Evan genoß es, seine Silky zu verwöhnen und selbstverständlich gestattete er es ihr auch, alle Tüten durchzuprüfen. Die Brötchen fanden nicht ihre Billigung, die Bohnen ebensowenig und auch die Kartoffeln nicht. Der Camembert mußte probiert werden und wurde für gut befunden, ein Häppchen gekochten Schinkens nahm sie ebenso gerne von seinen Fingerspitzen und ließ sich dann sogar auf den Arm heben und ein wenig streicheln. Aber bald, viel zu bald zappelte sie wieder und wollte hinuntergelassen werden. Sie strebte zum Terrassenfenster, das er gefügig für sie öffnete.

Dröhnende Musik schallte ihm entgegen, und über den Zaun flog auf seine gepflegten Beete von der gegenüberliegenden Seite in großen Schwüngen nasses Laub.

Was zuviel war, war zuviel!

Mit starkem Unmut stapfte Dr. Evan über sein Wiesenstückchen und erhob die Stimme.

»Unterlassen Sie es sofort, Ihren Gartenabfall auf mein Grundstück zu werfen!«

»Häh?«

Der junge Mann, in Handschuhen, lehmverkrusteten Turnschuhen und mit einer roten Mütze auf den wirren Locken starrte ihn schnaufend an. »Gott, Sie schon wieder!« schnaubte er.

»Ja, ich, Herr Nachbar. Sie werden jetzt augenblicklich hier erscheinen und Ihren Müll wieder entfernen.«

»Nun haben Sie sich nicht so. Das sind doch nur ein paar Blätter!«

»Es ist die Laubausbeute eines ganzen Sommers, und ich habe mir nicht die Mühe gemacht, meinen Garten in Ordnung zu halten, damit Sie Ihren Unrat darin verteilen.«

»Bestellen Sie einen Gärtner und verrechnen Sie es mit der Stoßstange. Ich habe den Auftrag, diesen Garten in Ordnung zu halten, was kann ich dafür, wenn die Typen hier vorher den Komposthaufen an der Grundstücksgrenze angelegt haben. Im übrigen glaube ich nicht, daß Ihnen der Garten überhaupt gehört. Oder sind Sie der Eigentümer dieses noblen Etablissements?«

Dr. Evan knirschte mit den Zähnen, weniger vor Wut über das Laub, als über die Tatsache, daß diesmal der junge Mann im Recht war. Es war dessen Komposthaufen und sein Grundstück war es nicht. Nur die Beete, die er aus Freude an der Gartenarbeit angelegt und gepflegt hatte.

»Wenigstens die Musik können Sie leiser machen. Die Lautsprecher röcheln ja schlimmer als ein asthmatischer Rasenmäher!«

»Ja, das pfeift einem den Kalk aus den Hirnwindungen, was?« höhnte Jens mit einem Grinsen und erhielt zur Antwort: »Ich habe wenigstens noch Hirnwindungen!«

Damit drehte sich der Professor um und hinkte zurück zu seiner Wohnung. Genugtuung darüber, das letzte Wort gehabt zu haben, erfüllte ihn.

Doch genau deswegen fühlte er sich auch irgendwie schäbig.

7. Kapitel
Katzentratsch

Der November neigte sich dem Ende zu, kalte Winde fauchten um die Häuser, und naßkalter Regen peitschte gegen die Scheiben. Zwei Tage lang war es sogar Silky zufrieden, sich überwiegend in den warmen, trockenen Räumen ihres Professors aufhalten zu dürfen. Dabei hatte sie ihn etwas besser kennengelernt und herausgefunden, was er so den ganzen Tag über trieb. Er war ein Büchermensch, noch schlimmer als Hanae. Die umgab sich auch gerne mit Papierstapeln, hatte aber wenigstens immer wieder andere Leute zu Besuch. Meistens ebenso junge Frauen wie sie selbst, die immer in Verzückung gerieten, wenn sie – Silky – in anspruchsvoller Pose auf einem Bücherstapel Platz nahm und zierlich die auf Fingerspitzen gereichte Sahne schleckte.

Der alte Mann bekam kaum Besuche. Er war ziemlich einsam. Vielleicht wollte er deshalb, daß sie sich ständig um ihn kümmerte. Sie lenkte ein wenig ein, rollte sich abends auch schon mal auf seinem Schoß zusammen und lauschte seiner dunklen Stimme, die ihr lange Passagen aus langweiligen Romanen vorlas. Humanistische Bildung ging ihr am Schwanz vorbei, aber seine Stimme lullte sie in wohlige Träume. Träume von weiten, sonnigen Wiesen, in denen es von Getier wimmelte, das es zu jagen galt. In der Dämmerung lauerte sie ihrer Beute an den Wasserlöchern auf und erfreute sich an der wilden Flucht, wenn sie ihr Opfer erkoren hatte und mit einem gewaltigen Satz mitten in die Herde sprang. Oft hetzte sie nur so zum Spaß hinter fliehenden Antilopen oder auch den schmackhaften Wildrindern her. Sie entkamen ihr nie. Mit einem kräftigen Biß in den Nacken tötete sie schnell und gründlich, dann schleppte sie ihre Beute leise knurrend zu ihrem Lager zwischen den noch sonnenwarmen Steinen. Ach ja, das Leben als freie, wilde Königstigerin war göttlich.

Und wenn sie erwachte, umgab sie noch der Glanz der vergangenen Tage, bis der Mensch wieder einmal darum bat, sie solle sein Bett mit ihm teilen.

Rattenkacke.

Warum wurde ihm einfach nicht klar, daß eine Königstigerin keine Bettgenossin war.

Maunzi hatte seinen Studenten endlich zur Einsicht gebracht, daß das ungemütliche Herbstwetter nun wirklich nicht das richtige Klima für lange Freiluftaufenthalte war. Wenn er einen gepflegten Kater haben wollte, dann mußte er ihn drinnen dulden. Er hatte es überdeutlich erkannt, als Maunzi ihm eine breite Schlammspur von der Katzenklappe bis zu seinem Bett hinterlassen hatte, weil er im Garten unter eine Traufe geraten und über und über mit Schmutzwasser begossen worden war. Er hatte sich deshalb sogar mit der Schnepfe gestritten, die befohlen hatte, das »stinkige Tier« habe zukünftig das Haus zu verlassen, wenn sie anwesend war. Der beste Aufenthaltsort sei sowieso das Tierheim für das verflohte Mistvieh. Man mußte es Jens hoch anrechnen, er hatte ihn in Schutz genommen. Tierheim kam nicht in die Tüte, und bei so schlechtem Wetter, bei dem man noch nicht einmal einen

Hund vor die Tür jagte, blieb auch der Kater im Haus. Nadine hatte geschmollt, klein beigegeben und ihm später heimlich einen Tritt versetzt.

Er hatte ihr dafür in die roten Stilettos gepinkelt.

Eine Freundschaft fürs Leben würden sie nie schließen.

Die zwischen Jens und ihr wurde dadurch auch leicht brüchig, weil der nämlich in schallendes Gelächter ausbrach, als er das Pfützchen entdeckte.

Die Schnepfe rauschte beleidigt ab, und Jens, der ihn, selten genug, auf den Arm nahm, erwischte ihn an der Rippe, die sie getroffen hatte, weshalb er schmerzlich aufjaulte. Mit sanften Fingern tastete er ihn daraufhin ab und stellte eine Prellung an seiner Flanke fest.

»Manchmal sind Weiber richtig fies, Maunzi. Komm, zum Trost bestellen wir uns eine Pizza mit Sardellen, und du bekommst die Hälfte ab.«

Das war richtig nett von ihm, und am Abend erlaubte er ihm sogar, sich auf seinem Schoß zusammenzurollen, während er in den Fernseher starrte. Der Agententhriller ging ihm ziemlich am Schwanz vorbei, aber die Musik und die Stimmen lullten ihn in angenehme Träume. Träume von weiten, lichtdurchfluteten Räumen, tiefen, weichen Polstern, in denen schöne, anmutige Frauen ruhten, die ihm kleine Häppchen erlesenster Leckereien zusteckten. Seine Dienerinnen, die sein langes Fell geduldig mit weichen Bürsten bearbeiteten, bis es wie Seide glänzte, wohlduftende Odalisken, die auf Samtkissen sein Lager bereiteten und mit kundigen Fingern seine empfindlichsten Stellen kraulten. Ja, die umschlossenen Gärten mit ihren Beeten voller Katzenminze, in deren blühenden Büschen allerlei Singvögel ihre Lieder zwitscherten, und wo plätschernde Brunnen im silbernen Mondlicht schimmerten. Hier an der Seite seiner Freundinnen zu lustwandeln als der geliebte, geehrte und überaus verwöhnte Herr des Serails, das war ein göttliches Leben.

Und als er erwachte, umgab ihn noch der Glanz der vergangenen Tage, bis der Mensch wieder einmal die Schlafzimmertür vor ihm zumachte.

Rattenkacke.

Warum wurde ihm einfach nicht klar, daß ein königlicher Kater das Anrecht auf sein Bett hatte?

Am nächsten Tag hatte der Sturm sich gelegt, und die Wolken waren vom Himmel gefegt. Silky hielt nichts mehr im Haus, sie begehrte Ausgang und bekam ihn gewährt.

Auch Maunzi ließ sich überreden, das schützende Heim zu verlassen.

Er kontrollierte als erstes die Ecke des Gartenhauses und fand ein kätzisches Graffito ziemlich ordinären Inhalts. Es verärgerte ihn indessen weniger als es ihn amüsierte. Mensch hin oder her, manchmal war auch tierische Gesellschaft nicht ganz unangenehm, und die Nachbarin hatte sich als faire Rauferin erwiesen. Er markierte seine Beleidigung neben die ihre und schlenderte dann zur Hecke, um den Nachbargarten noch einmal in Augenschein zu nehmen.

Nur wenige Schritte hinter ihm traf Silky an der besagten Nachrichtenecke ein und entzifferte die einladende Catmail. Eine erlesene Beleidigung, die tatkräftige Erwiderung verlangte. Sie stellte ihre Ohren auf, sog die Luft ein, und lauschend und witternd erkannte sie den Herausforderer, der nur eine kleine Entfernung weiter unter einem Busch lauerte.

Sie schlug auf lautlosen Pfoten einen Bogen um ihn, um ihn von hinten überraschen zu können.

Maunzi hingegen hatte ebenso die Botschaften seiner empfindlichen Schnurrhaare erhalten und ahnte, was seine Angreiferin vorhatte. Er gab sich den Anschein müßiger Träumerei, und als ihr kraftvoller Sprung sie auf seinem Rücken hätte landen lassen, war er schon nicht mehr da. In gestrecktem Lauf raste er den Gartenweg hinunter, sie hinterher.

Über den Zaun.

Umdrehen.

Eine delikate Beschimpfung ausstoßen.

Sie hielt im Lauf inne, grinste frech und putzte sich scheinbar desinteressiert ein paar Tannennadeln vom weißen Latz.

»Knötchenpelz und Schlammpfoten!« lästerte er. »Typisch für diese ungepflegten Streuner!«

»Mäusehirn und Shampoo-Fell!« konterte sie. »Bezeichnend für einen Heizungshänger!«

»Regenwurmfresser!«

»Sahnepisser!«

»Maulwurfjäger!«

»Zahnloser Pastetenschlucker!«

»Dreckwühler!«

»Kissenpupser!«

»Matschscharrer!«

»Geleebeißer«

Der eloquente Austausch der Beleidigungen zog sich eine gute Weile hin, und beide mußten sich eingestehen, daß sie einander ebenbürtig waren. Also war die nächste Stufe der Auseinandersetzung angesagt. Silky machte sich, während sie noch einige schönformulierte Gehässigkeiten von sich gab, bereit, über den Zaun zu springen, um ihm das Fell im Ganzen über die Ohren zu ziehen.

Maunzi hingegen beobachtete ihre Augen und die Haltung der Schnurrbarthaare und wartete ab. Just in dem Moment, als sie auf den Pfosten sprang, flitzte er durch die Büsche davon.

Sie wieder hinter ihm her.

Kurzer Haken.

Sprung auf die Mülltonne.

Sie hinterher!

Verdammt, ausgerutscht.

Silky kreischte vor Freunde als sie sich auf ihn fallen ließ.

Strampeln mit den Hinterpfoten, um die lästige Kröte loszuwerden.

Fellflusen tanzten in der Luft – weiße, braune und schwarze.

Maunzi schüttelte Silky ab und blieb in einiger Entfernung von ihr aufrecht sitzen, die Ohren angelegt, die Schnurrhaare nach hinten gerichtet.

Sie nahm dieselbe Pose ein.

Wachsam.

Interessiert.

Beide starrten sich regungslos an.

Lange.

Irgendwo rief eine Menschenstimme nach Silky.

Maunzis Ohren entspannten sich und richteten sich wieder auf.

Aber es war Silky, die als erste für einen winzigen Moment die Augen schloß.

»Dein Mensch, der dich ruft?« murmelte Maunzi.

»Ein Schisser!«

»Guter Kampf!«

»Ja!«

Auch Silkys Schnurrbart war nun nach vorne gerichtet, und sie erhob sich, um ein paar Schritte auf den Kater zuzugehen. Er stand ebenfalls auf und gestattete ihr, ihre Nase nahe an die seine zu bringen. Neugierig beschnupperten sie sich.

»Wie rufen sie dich?«

»Maunzi.«

»Das tut's. Ziemlich ähnlicher Mantel, den du da gewählt hast.«

»Mhm, ja.«

Sie musterten sich gegenseitig gründlich.

»Sogar die gleichen Flecken an den Hinterpfoten!« stellte Maunzi schließlich fest. »Woher kommst du?«

»Bauernhof. Mutter hatte den Stall zu betreuen. Sie war schwarz. Und du?«

»Haushalt. Mutter betreute eine Menschenfamilie. Sie war getigert, ohne weiß.«

»Dann können wir keine Wurfgeschwister sein.«

»Wahrscheinlich nicht. Ich war der einzige mit weißen Pfoten. Wie bist du hergekommen, Silky?«

»Über Umwege. Ausgesucht habe ich es mir nicht. Als wir einigermaßen krabbeln konnten, brachten uns die Menschen ins Tierheim. Sagten, wir sollten froh sein, daß sie uns nicht ersäuft hätten.«

»Tierheim – das muß gräßlich sein.«

»Ja, ziemlich. Aber besser als Ersäufen!«

»Auch wahr.«

»Als ich ein halbes Jahr alt war, holte mich eine Frau dort weg, Hanae. Eine Nette. Unkompliziert, leicht zu erziehen, verspielt und nicht nachtragend, wenn mir mal die Kralle ausgerutscht ist. Nur – dann mußte sie weg, und darum hat sie mich bei dem alten Mann abgeliefert. Er ist der Vater ihrer Mutter.«

»Also nur weitläufig verwandt.«

Sie schlenderten jetzt nebeneinanderher durch einen der Nachbargärten und setzten sich am Ufer eines kleinen Zierteichs nieder.

»Mich hat die alte Dame von meiner Mutter weggeholt, als ich selbständig war. Ist vier Sommer her«, erzählte Maunzi, und seufzte dann: »Sie war eine ganz Liebe. Ein paar meiner Vorgänger hatten sie einwandfrei erzogen, sie konnte zwar nicht mehr so wilde Spiele treiben, aber sie bereitete in der Küche wunderbare Sachen zu. Tja, und dann starb sie, und dieser Sohn von ihr, der hat mich aus dem Haus geworfen und alle Einschlüpfe dichtgemacht. Den halben Sommer habe ich im Garten zugebracht.«

»Im Gartenhäuschen.«

»Richtig. Aber jetzt ist ein junger Mensch eingezogen, der hat nichts dagegen, daß ich reinkomme. Na ja, meistens wenigstens nicht.«

»Ich finde das ätzend, im Haus eingeschlossen zu sein. Sei doch froh, du hast eine Katzenklappe und mußt nicht immer betteln, bis dir mal jemand die Tür aufmacht.«

»Ich muß betteln, um reinkommen zu dürfen.«

»Ich werde immer gerufen, damit ich endlich wieder reinkomme. Fändest du das besser?«

»Ehrlich gesagt, ja.«

Silky kletterte auf einen moosigen Stein und beäugte das schwarze Wasser des Teiches, in dem ein halbes Dutzend Goldfische ihre Runden zogen.

»Ah, frischer Fisch. Das muß man sich merken!« stellte sie mit leisem Verlangen in der Stimme fest. Maunzi hüpfte neben sie und betrachtete ebenfalls den Teich.

»Gedünstet ist er noch besser!« brummelte er sehnsuchtsvoll.

Und dann erstarrten sie beide.

Aus dem reglosen Spiegel der Wasseroberfläche schauten ihnen zwei völlig gleiche Katzengesichter entgegen. Weißes Kinn, weißes Schnäuzchen, grüne Augen unter einem ganz leicht verrutschten Mittelscheitel, rosa Nase, schwarze Ohren.

»Haargenau!« staunte Silky. »Aufs Haar genau.«

»Tatsächlich! Nicht nur der Mantel, auch die Maske. Bei Bastet!«

Die Fische waren vergessen, beide musterten sich höchst intensiv.

»Das ist ungewöhnlich, Maunzi. Höchst ungewöhnlich. Denn du bist ein ganz anderer Charakter als ich. Eben ein Kissenpup...«

»Wiederhol dich nicht, Schmuddelpfo...«

»Gut, Frieden also. Aber du bist wirklich ganz anders als ich. Mich stört es, daß mein Mensch ständig Aufmerksamkeit von mir verlangt. Ich weiß ja, diese Zweibeiner sind eigentlich ganz nützlich, aber eine unabhängige Katze wie ich erträgt diese Schmusereien nur in Maßen.«

»Ich ertrage sie in Unmaßen und erhalte sie nur ganz

mäßig. Dieser Jens schmust mit seinem Weibchen herum, einer fürchterlichen Gans mit spitzen, roten Krallen an Händen und Füßen. Sie verscheucht mich immer, wenn sie kommt. Dann muß ich mich wieder draußen herumdrücken – sogar wenn es regnet und stürmt.«

»Das ist allerdings fies, obwohl so ein bißchen Regen ja nicht wirklich schlimm ist. Ich mag Regenwasser aus dem Fell putzen. Es schmeckt so himmlisch!«

»Geschmackssache! Eine delikat gewürzte Bratensauce ist mir lieber. Aber so was kriege ich ja nicht mehr. Das höchste an Genüssen, das Jens hinbekommt, ist eine Pizza aus der Pappschachtel.«

»Ehrlich? Mit Sardellen?«

»Mhm!«

»Bastet, was gäbe ich dafür! Der Professor kocht Suppen und Hühner und Fische. Klar, die Saucen sind nicht schlecht, und ich darf immer probieren, aber wie Frischfleisch oder Pizza ist das nicht.«

»Wir könnten ja mal tauschen.«

Es war Maunzi entschlüpft, bevor er nachgedacht hatte, und Silky riß das Mäulchen auf.

»Äh – ja.«

Dann klappte sie es wieder zu und wurde von einem hilflosen, kätzischen Gelächter geschüttelt.

»Maunzi, ich nehme jeden Kissenpupser zurück. Die Idee ist einfach überwältigend.«

Der Kater hingegen war etwas skeptischer.

»Ich weiß nicht, ist mir nur so rausgerutscht. Ich meine – wir sehen uns zwar ziemlich ähnlich, aber immerhin sind wir Kater und Katze. Das merken die doch!«

»Wenn du den Schwanz unten läßt, nicht. Der Professor muß immer eine Brille aufsetzen, wenn er etwas genau erkennen will. Der guckt schon nicht so genau hin.«

»Na ja, und der Jens guckt sowieso nie so genau hin.«

»Also – dann tauschen wir doch mal für einen Tag. Wir werden ja sehen, ob es ihnen auffällt. Du kriegst selbstgemachtes Küchenfutter und ich eine Pizza. Außerdem darfst du auf seinem Schoß sitzen, und er liest dir langweiligen Kram vor.«

»Er liest vor?«

»Aus Büchern!« bestätigte Silky und wunderte sich über das Leuchten in den Augen ihres Gegenübers. »Du magst das?«

»Ich mag Geschichten!«

»Na gut. Ich kann dafür rein und raus, wie's mir gefällt und brauche nicht immer meinen Pelz zum Kraulen zur Verfügung stellen.«

»Ja, aber da ist die Schnepfe, Silky. Vor der mußt du dich in Acht nehmen. Die tritt heimlich.«

»Ich kratze unheimlich.«

Maunzi grinste.

»Ich hab ihr in die Schuhe gepinkelt. War auch gut.«

»Kann ich mir denken. Also gut, versuchen wir es mal. Morgen treffen wir uns am Gartenhaus wieder.«

8. Kapitel
Reingelassen

Dr. Evan hatte es aufgegeben, nach Silky zu rufen. Diese umtriebige Katze war wieder einmal ihrer eigenen Wege gezogen und an Stellen verschwunden, die ein Mensch so ohne weiteres nicht finden würde. Er hatte sich ein wenig traurig an seinen Schreibtisch zurückgezogen, um den letzten Brief seiner Enkelin zu beantworten. Hanae fühlte sich in Japan wohl, hatte Anschluß bei den Kommilitonen gefunden und freundete sich mit großem Vergnügen mit der asiatischen Kultur an. Selbstverständlich erkundigte sie sich auch nach Silkys Wohlergehen, und genau darüber wollte er ihr Auskunft geben.

Nach den ersten Zeilen hielt er inne und überflog sie noch einmal. Sie gefielen ihm nicht, der Ton klang jämmerlich, so als ob Hanae schuld daran sei, daß Silky nicht so anhänglich war, wie er es sich wünschte.

Er zerriß die Seite und begann neu.

Der nächste Versuch klang – wie sagte man jetzt – absolut cool. So als sei es ihm vollkommen gleichgültig, was für ein Leben die wilde Streunerin führte.

Der zweite Bogen landete zerknüllt im Papierkorb.

Er schob einige Kugelschreiber und Füller auf dem Tisch hin und her und setzte dann zu einem neuen Entwurf an. Nüchtern die Tatsachen schildern, mahnte er sich und beschrieb Silkys Verhalten, ohne einen wertenden Nebensatz zu verwenden. Es las sich unbeteiligt wie ein Gerichtsprotokoll. Das war unglaubwürdig, denn Hanae wußte, er liebte Katzen außerordentlich.

Weg damit.

Draußen am Fenster maunzte es.

Ja, er gab es zu, er war erleichtert und öffnete sogleich, damit seine Mitbewohnerin eintreten konnte. Gemächlich schlenderte sie herbei und schaute ihn fragend an.

»Na, Kleine? War es schön im Garten?«

Das geschmeidige Tier wickelte sich in Form einer Acht um seine Beine, und er lächelte.

»Na, das ist aber mal eine freundliche Begrüßung. Hast du ausreichend Mäuse gemacht, oder könntest du noch ein Häppchen Pute in Aspik vertragen. Ich war heute Morgen in der Metzgerei.«

Schnurren, dickes, lautes Schnurren beantwortete seine Rede, und er ging auf die Küche zu. Die Katze folgte ihm auf den Fersen. Das, fiel ihm auf, war ein bißchen ungewöhnlich, denn sonst raste Silky immer gleich zu ihrem Futterplatz am Fenster, wenn er sich in Richtung Küche bewegte. Aber er dachte sich nicht viel dabei, auch nicht, als sie sich wie suchend umsah und schnuppernd mitten im Raum stehenblieb. Vielleicht roch es ja nach etwas Unbekanntem, er hatte vorhin mit einem neuen Putzmittel sauber gemacht. Völlig normal war ihre Reaktion nämlich, als er die Kühlschranktür öffnete. Sie sprang auf die Arbeitsplatte und sah ihn erwartungsvoll an.

Mit rasender Geschwindigkeit inhalierte sie förmlich die Stückchen Geflügelsülze, die er ihr mit den Fingern hinhielt. Und dann tat sie wieder etwas Unerwartetes, denn sie drückte ihren Kopf an seinen Arm und rieb sich daran.

»Na, die Lage auf dem Mäusemarkt scheint aber jammervoll zu sein, wenn du dich schon so dankbar zeigst.« Er streichelte den getigerten Rücken und wurde mit einem weiteren Schnurren belohnt. Aber er war sich bewußt, seine Katze würde das nur kurze Zeit dulden und hörte gleich schon wieder auf. Noch einmal kontrollierte er, ob noch genug Trokkenfutter und Wasser in den Schüsseln war, dann erklärte er seiner vermeintlichen Silky: »Ich schreibe jetzt meinen Brief im Arbeitszimmer. Willst du wieder nach draußen?«

Aber das wollte das Tier offenbar nicht, denn es sprang auf den Boden und beschnüffelte die Schranktüren.

Immerhin gelang der nächste Brief an seine Enkelin auf Anhieb.

Maunzi – der sich jetzt darin übte, auf den Namen Silky zu hören – inspizierte sein Besuchsheim. Was er dabei kennenlernte, gefiel ihm ausnehmend gut. Die Küche war nicht nur eingerichtet wie bei Jens, sondern wurde augenscheinlich auch ihrer Bestimmung gemäß benutzt. Ein Hauch von Kräutern hing noch in der Luft, der Duft von gebratenen Würstchen ließ sich an einer Herdplatte festmachen, und unter einer Glasglocke dünstete streng ein Käse vor sich hin. Das alles war vielversprechend, so wie auch das Delikateß-Begrüßungshäppchen. Nach der Prüfung der Küche widmete er sich dem Wohnzimmer und mußte ein lustvolles Schnurren unterdrücken. Es stand da ein Ohrensessel mit einem Fußschemel, auf dem eine flauschige Decke lag, und an der Wand gab es einen Diwan mit weichen Polstern und Kissen. Gut, in weiche Seiden gewandete Odalisken räkelten sich dort nicht, aber es sah aus, als könnte man sich auch ohne sie wunderbar darauf zurechtkuscheln. Viel besser jedenfalls, als auf Jens' Sperrholzmöbeln. Außerdem - und hier wollte der Luxus ihn schier überwältigen - war der Fußboden warm. Er, der doch die Wärme so liebte, hatte sich nebenan immer so ungemütlich über den schmalen Heizkörper drapieren müssen, hier konnte man sich lang auf dem weichen Teppich ausstrecken und sich den Bauch wärmen lassen. Das hatte was!

Ein Katzenkörbchen mit einer blauen Decke stand am Fenster und roch eindeutig nach Silky. Eigentlich ganz nett, stellte er fest und probierte es für eine Weile aus. Ja, eine nette Kätzin war das. Ein bißchen streitsüchtig, aber klug und schnell von Begriff und Tatze. Man würde sich anfreunden können.

Nach einem kurzen Nickerchen setzte er seinen Inspektionsgang weiter fort und fand das Badezimmer (wenig wohnlich, wie all diese Räume, in denen Wasser verwendet wurde), den Abstellraum mit dem staubsaugenden Ungeheuer, das es zu fliehen galt, sobald es gierig aufröhrte, den Flur mit den Schuhen, die Aufschluß über die letzten Ausflüge des alten Herren gaben und dann das Schlafzimmer. Hier roch es am menschlichsten. Eine blaukarierte Decke war über das Bett geworfen, was Maunzi nicht ganz so hübsch fand. Seine frühere Menschenfrau hatte eine weiße gehabt, mit rosa Rüschen. Und Rüschenkissen darauf. Das hier war doch sehr nüchtern - aber immerhin noch besser als Jens' ungemachtes Bett, das er nie besuchen durfte. Angeblich hatte der Professor ja nichts dagegen, also probierte er das Möbel einmal aus und fand die unter dem Überwurf verborgene Daunendecke erfreulich dick und einladend. Mal sehen, wie sich das Arrangement heute Nacht anließ.

In guter Stimmung schlenderte Maunzi also zu dem letzten Raum, den es zu begutachten galt – das Arbeitszimmer, in dem sich der Mann jetzt gerade aufhielt. Er blieb zunächst an der Tür stehen und nahm die Stimmung auf.

Sehr viel anders als bei Jens war es seltsamerweise hier nicht. Auch auf dem Schreibtisch des alten Herrn türmten sich Bücher, Papierstapel, Zettelkästen und Zeitschriften. Genau wie drüben summte ein Computer und die Tastatur klapperte eifrig unter den Menschenfingern. Auch die Wände waren mit einfachen hohen Regalen verkleidet, auf deren Borden sich Buchrücken an Buchrücken reihte. Es gab auch Musik, allerdings die war ganz anders als bei Jens. Erstens war sie viel leiser, und zweitens glich sie viel weniger den forschen Katergesängen an rollige Kätzinnen. Er erinnerte sich, daß seine frühere Freundin einen ähnlichen Geschmack gehabt hatte.

Nachdem er sich umgesehen hatte, stromerte er auf leisen Sohlen näher an den Schreibtisch heran, um seinen Gastgeber näher in Augenschein zu nehmen. Das erste, was ihm auffiel, war, daß etwas mit seinem rechten Bein nicht stimmte. Das roch nicht menschlich. Maunzi dachte an die Zeit, als er sich wegen der bösen Prellung hinkend fortbewegt hatte, und vermutete ganz richtig im Rückschluß auf seine Verletzung, dieses Bein müsse eine schwere Verwundung erlitten haben. Es flog ihn Mitleid an. Es war scheußlich, wenn man irgendwas nicht richtig bewegen konnte. Außerdem bekam man dann mit einer Nadel brennendes Zeug in den Pelz gepiekt.

Um noch mehr von dem Menschen zu erfahren, mußte er wohl mal hoch auf den Schreibtisch springen. Jens sah das nicht gerne und maulte ihn immer an, er solle nicht stören, er müsse sich konzentrieren.

Der Professor hatte diese Probleme offensichtlich nicht, er ließ sich gerne stören.

»Nanu, was für ein seltener Besuch!« bemerkte er mit einem Lächeln. »Ich schreibe deiner Hanae. Willst du einen Gruß anfügen?«

Hanae? Ach ja, Silkys Freundin. Ob Silky sie gegrüßt hätte? Eine schwierige Frage. Maunzi entschloß sich, eigenmächtig zu handeln und drückte die Pfote auf die Tastatur. Auf dem Bildschirm erschien. »ölllkjhhhhhhhö«

»Wunderbar, ich bin sicher, sie wird es verstehen!« lobte der Professor ihn und kratzte ihn höchst wohltuend zwischen den Ohren.

Ja, in diesem Haushalt ließ es sich behaglich wohnen. Silky hatte völlig recht, es gab selbstgemachtes Essen von vorzüglicher Qualität, eine kuschelige Lesestunde bei Lampenlicht, die er auf dem Schoß des alten Herren verbringen durfte, der sehr fachgerecht mit einer Hand sein Hinterteil stützte. Die Geschichte, die er ihm vorlas, war auch ausgesucht spannend, weshalb er genußvoll eindöste. Zwar machte er ihm dann noch einmal die Tür auf, damit er seinen abendlichen Spaziergang machen sollte, aber da zögerte Maunzi. Eigentlich wollte er nicht mehr in die Kälte hinaus, aber der erstaunte Tonfall des Professors, der fragte: »Nanu, Silky, heute gar keine nächtliche Jagd?« mahnte ihn, sich zumindest den Anschein zu geben, ein wilder Streuner zu sein. Doch nach der geringstmöglichen Dauer, nämlich der Zeit, die er benötigte, um die Außentoilette zu benutzen, kehrte er wieder zurück und wurde, wenn auch leicht überrascht, so doch herzlich willkommen geheißen.

Noch willkommener wurde er im Bett aufgenommen, wo er sich erst einmal höflich ans Fußende legte und mit einem leisen Schurren allmählich in einen wohligen Schlummer versank.

9. *Kapitel*
Rausgeschmissen

Silky streckte ihre neugierige Nase durch die Katzenklappe und schnupperte erst einmal prüfend, bevor sie sich in Persona in das neue Heim begab. Es herrschte eine deutlich andere Atmosphäre als bei dem Professor. Dort hatte alles seinen Platz, hier schien das wilde Chaos zu regieren. Ein paar schmutzige Schuhe lagen hingeworfen neben der Klappe, die in eine Art Flur führte, und rochen nach matschigem Laub, eine Steppjacke war über eine braune Pappkiste geworfen, ein roter Schal baumelte darüber. In einem Einkaufskorb lagen eine Tüte Äpfel und ein angebissenes Fischbrötchen, eine weitere Kiste voller Papiermüll quoll über und roch durchdringend nach Pizzaschachteln. Aber alles in allem schien es friedlich, und so schlüpfte sie also vollends in die Wohnung und begann ihren Rundgang.

In der Küche fand sie ein Katzenklo, das streng nach Maunzi duftete. Man hätte es wohl mal reinigen können, aber sie hatte sowieso nicht vor, es zu benutzen. Der Rest war auch nicht sonderlich bemerkenswert, immerhin stand eine gut gefüllte Schale mit Trockenfutter bereit. Sie degustierte einige Happen und fand sie angenehm knusprig. In den Ecken und unter den Schränken erspähte sie einige Wollmäuse, was sie aber nicht besonders störte. Als sie durch die Tür in das nächste Zimmer trat, wurde ihr klar, daß sie derzeit die Behausung für sich alleine hatte. Von einem Menschen war hier nicht eine Spur wahrzunehmen. Das traf sich, denn so konnte sie sich in Ruhe mit den Gegebenheiten vertraut machen. Die spärlichen Möbel, die der Bewohner besaß, waren aus hellem Holz, das erstaunlich schnell Kratzspuren erhielt, wenn man sich die Kralle daran schärfte. Über ein durchgelegenes Sofa war eine buntgemusterte Decke geworfen, auf der sich einige Chipskrümel angesammelt hatten, eine leere Bierflasche lag auf dem Boden neben dem Sofabein herum, fiel um und rollte davon, als Silky sie spielerisch anstupste. Ansonsten waren auch hier, wie bei dem Professor, unzählige Bücher aufgestapelt, reihten sich auf Regalbrettern und lagen aufgeschlagen auf dem riesigen Schreibtisch. Der Computer aber zeigte einen dunklen Bildschirm und summte nicht. Das letzte Zimmer stellte sich als der vorgesehene Ruheort des Menschen dar, bewohnt wurde es von einem riesigen Bett, dessen Decke achtlos am Fußende zusammengestrampelt worden war. Es roch hier nicht nach Maunzi, sondern unerwartet weiblich, ein süßlich blumiges Odeur. Schnepfennest, konstatierte Silky und kickte einen vergessenen Lippenstift unter das Möbel, wodurch auch wieder einige Wollmäuse aufwirbelten. Sie mußte niesen. Vermutlich war der Einsatz jenes röhrenden Ungeheuers nötig, das sie bei dem Professor zu hassen gelernt hatte. Immerhin tummelten sich bei ihm nicht die Wollmäuse.

Befriedigt von der Inaugenscheinnahme des zu besuchenden Heims wanderte Silky wieder zur Katzenklappe, um noch eine kleine Mauserunde zu drehen.

Einige Zeit später beobachtete sie von ihrem Lieblingsast aus, wie Jens und seine Begleiterin das Haus betraten und beschloß, ihren Gastgeber kennenzulernen.

Auf das Klappern der Katzenklappe hin wurde sie dann auch von ihm mit einem freundlichen: »Na, zurück, Maunzi?« begrüßt und bekam ein kurzes Tätscheln auf die Flanke. Das war eine ausreichend höfliche Geste entschied sie und sprang auf das Sofa.

»Diese Katze sitzt schon wieder auf den Möbeln!« nörgelte eine unfreundliche Frauenstimme, und Silky äugte in Richtung dieses Geräusches. Die junge Dame war schlank und in ein sehr, sehr enges Fell gewickelt, das einen Teil ihrer bloßen Haut um den Nabel herum sehen ließ, wo ein Glitzerstein funkelte. Ihre Haare waren – mhm – bunt. Silky hatte bisher eigentlich geglaubt, Menschen-Kopffell sei so ähnlich wie Katzenpelz gefärbt, manche braun, andere schwarz, einige hell oder meliert. Rötliche Haare hatte sie auch schon gesehen, genau wie graue und sogar strahlend weiße. Grün und blau war bisher nicht darunter gewesen. Aber man lernte ja dazu. Die gefährlichen roten Schuhe hatte sie jedoch nicht an, aber die schwarze Fußbekleidung, vorne spitz, hinten hoch, wirkte ebenfalls nicht sympathiebildend. Einen Tritt damit galt es auf jeden Fall zu vermeiden.

»Laß doch Maunzi in Ruhe, Nadine. Er ist ein ganz lieber Kerl!«

»Du weißt, was er meinen Schuhen angetan hat! Ich mußte sie wegwerfen. Teure, topmodische Stilettos. Du schuldest mir was, Jens!«

»Süße, du hast ihn getreten.«

»Ich? Ihn getreten? Hat er sich bei dir beklagt?«

»Nein, aber ich habe die Prellung an seinen Rippen bemerkt. Die hat er nicht vom Streicheln bekommen.«

»Ah pah, er wird mit Seinesgleichen gerauft haben! Katzen

sind so hinterhältig! Die Schuhe hatte ich erst zweimal getragen. Sie waren schweineteuer!«

»Fang gar nicht erst wieder damit an. Ich schulde dir überhaupt nichts! Außerdem habe ich dir schon die gesprungene Windschutzscheibe bezahlt. Von irgendwas muß ich schließlich auch leben.«

Silky hörte mit Spannung dem Wortwechsel zu, und da sie nicht eben von ausgeglichenstem Naturell war, brodelte eine rote Wut in ihr auf. Maunzi hatte gesagt, sie habe ihn getreten, und sie glaubte ihm. Jetzt aber log dieses fehlfarbene Huhn unbekümmert. Und dann schmähte sie die Katzengattung als solche auch noch als hinterhältig. Sie sollte dem Kater den Dienst erweisen, sein Heim von diesem Ungeziefer endgültig zu befreien. Mal sehen, was sich da machen ließ. Zunächst einmal sprang sie von ihrem Liegeplatz, als sich Jens mit Schwung daraufwarf.

»Hoppla, Junge? Heute gar nicht in Schmuselaune?«

Na, also wirklich nicht. Silky tigerte aus dem Raum, um in einer stillen Ecke einen Plan zu schmieden. Menschen, vor allem weibliche, hatten Schwächen. Das wußte sie von Hanae und ihren Freundinnen. Eine dieser Schwächen schleppten sie beständig mit sich herum und nannten sie Handtasche. In diesen zwar äußerlich sehr unterschiedlichen Behältnissen hoben sie allerlei geheimnisvolle Dinge auf, die sie höchst ungern im Licht der Öffentlichkeit zur Schau stellten. Das hatte sie gelernt, als sie einmal – wirklich aus Versehen – eine derartige Tasche umgekippt hatte. Die Besitzerin war ziemlich rot geworden, als sie unter Gekicher und Spötteleien ihrer Freundinnen allerlei Intimes aufsammeln mußte.

Nadine nannte eine umfangreiche Handtasche ihr eigen.

Sie stöckelte jetzt, verführerisch mit den Hüften wakkelnd, in die Küche, und Silky hörte sie die Kühlschranktür öffnen.

»Wowww!« kreischte sie. »Du hast ja mal richtig eingekauft. Sogar an meinen Diätjoghurt hast du gedacht!«

Jens schlenderte ihr hinterher, vermutlich, um zu verhindern, daß sie ihm das Futter wegfraß, dachte Silky und schlich sich an die grellgrüne Tasche heran, die auf dem Schreibtisch stand. Ein gezielter Sprung, und sie hockte daneben. Schön, der Verschluß war nur eine einfach Lasche mit einem Druckknopf, das war kein Hindernis für eine Katze mit sensiblen Pfoten. Schnell war sie geöffnet und umgekippt. Leise klappernd fiel der Inhalt zu Boden. Mit Genugtuung sichtete Silky den Inhalt. Noch ein Lippenstift – der kullerte erfreulich schnell hinter ein Regal. Ein Schlüsselbund mußte etwas derber angestoßen werden, schlitterte aber auch ohne großen Aufwand unter das Sofa. Das Portemonnaie war ebenfalls aufgegangen, und mit dem Kleingeld vergnügte sie sich eine Weile. Das Päckchen Taschentücher konnte man wunderbar mit den Krallen zerfetzen, die komischen bunten Gummitütchen luden zwar zum Zerkauen ein, mundeten ihr aber nicht. Dafür luden diese Watteröllchen herrlich zum Spielen ein. Silky beschloß, Jens an dieser erfreulichen Tätigkeit zu beteiligen. Den zusammengefalteten Briefbogen, der noch neben der Tasche auf dem Schreibtisch lag, ignorierte sie.

Mit dem Watteding im Maul trabte Silky in die Küche, sprang auf den Eßtisch, an dem Jens mit Nadine saß, und ließ ihn in ihre Kaffeetasse fallen.

»Mistviech!« schrie die Schnepfe auf.

Jens lachte schallend.

»Sie will doch nur spielen!«

»Aber nicht – oh Gott, das ist ein Tampon!«

»Der Verlust wird dich schon nicht an den Bettelstab bringen, Nadine!«

»Was weißt du schon ... Aber, verdammt, das muß sie aus meiner Handtasche haben!«

Nadine sprang auf und raste ins Wohnzimmer zurück, Silky, vorsichtig ihren energischen Schritten ausweichend, hinter ihr her, gefolgt von Jens.

Der wütende Aufschrei war erwartungsgemäß ohrenbetäubend, die folgenden Formulierungen nicht eben damenhaft. Jens lachte betrüblicherweise noch immer und half ihr, ihr Eigentum zusammenzusuchen. Während Nadine auf allen vieren den Lippenstift unter dem Regal hervorzuangeln versuchte, nahm er den Brief auf, der auf dem Schreibtisch lag.

Ein weiterer Zettel flatterte heraus.

Jens Lachen erstarb, und Silky beobachtete von einem trittsicheren Platz auf dem oberen Regalbrett aus, wie das Schicksal seinen Lauf nahm. Einen dramatischeren, als sie geplant hatte.

»Nadine?«

Es klang unheilschwanger, und die junge Frau fuhr aus der gebückten Stellung hoch und schlug sich den Kopf an einem Brett an.

»Au, verflucht noch mal!«

»Nadine!«

»Herrje, was ist denn? Hilf mir endlich, das Zeug einzusammeln, das dein widerliches Katzenungeheuer verstreut hat!«

»Nadine, du hast mir letzte Woche ein hübsches Schauspiel geboten, was deine angegriffenen Finanzen anbelangte. Ich habe mein Konto geplündert, um dir aus der Patsche zu helfen. Und was finde ich hier?«

»Was weiß denn ich?«

»Einen Scheck über 500 Euro von der Versicherung für die Windschutzscheibe.«

Fast so schnell wie eine wütende Katze hatte sie ihm das Schriftstück aus der Hand gerissen.

»Du liest meine Briefe!«

»Tja, wenn sie so einladend auf meinem Tisch liegen. Vor allem, wenn sie Geld betreffen, das du mir unter Vorspiegelung falscher Tatsachen abgeluchst hast.«

»Da habe ich noch nicht gewußt, ob die Versicherung das übernimmt!«

»Ach ja, und heute wolltest du mir das Geld zurückzahlen?«

»Ich ... ich ... Du weißt doch, wie knapp ich dran bin.«

»So knapp, daß du dir schon wieder ein paar Schuhe kaufen und dieses Bauchnabelpiercing machen lassen konntest.«

»Dir gefällt das doch auch!« schnurrte sie plötzlich und versuchte, sich an ihn zu schmiegen.

»Nein, es gefällt mir nicht!« Er schob sie entschlossen von sich. »Es gefällt mir überhaupt nicht, wenn ich mir überlege, wie oft du mich schon angepumpt hast. Keinen einzigen Cent hast du bisher zurückgezahlt, Nadine. Ich habe allmählich das Gefühl, du nimmst mich aus wie eine Weihnachtsgans!«

»Aber Jens ...«

Silky staunte. Der junge Mann kochte geradezu vor Wut.

Er warf, was er so aufgelesen hatte, in die giftgrüne Tasche und drückte sie ihr in die Hand.

»Es ist wohl besser, wenn wir einige Zeit auf Distanz gehen, Nadine. Du machst mich in der letzten Zeit einfach zu oft wütend!«

»Mache ich das? Schön zu wissen, welche Gefühle ich in dir wecke! Daß deine vermaledeite Katze mein Eigentum zerstört und mich damit auch wütend macht, interessiert dich ja nicht. Es ist wohl wirklich besser, ich lasse dich mit ihr alleine, du Perversling!«

Der Abgang war theatralisch und endete mit einem heftigen Knall der Haustür und dem wütenden Aufheulen eines Automotors.

»Puh!« schnaufte Jens und schielte zu Silky hoch. »War das nötig?«

»Mirrrip!«

»Ja, wahrscheinlich hast du recht, es war nötig. Sie hat mich ausgenutzt, Maunzi. Aber – mhm – sie hatte auch Qualitäten, weißt du.«

Silky, die sich mit Mühe an den angenommenen Namen Maunzi erinnerte, sprang vom Regal und strich dem Mann um die Beine. Das Ungeziefer war weg, aber er wirkte irgendwie ein bißchen verlassen, wie er da so mit hängenden Schultern stand.

»Schon gut, Kleiner. Schätze, ich sollte jetzt mal aufräumen. Sie hat ziemlich Staub aufgewirbelt!«

Das hatte sie allerdings, denn die Flusen, die sich unter dem Regal und dem Sofa angesammelt hatten, lagen jetzt dekorativ auf dem Boden verteilt. Als Jens das röhrende Ungeheuer entfesselte, suchte Silky durch die Katzenklappe das Weite.

Aber um ihren guten Willen zu bekunden, brachte sie ihm später eine tote Maus mit, was ihn ganz offensichtlich wieder erheiterte, und als sie ihn durch einen Sprung in den Nacken zum Raufen aufforderte, machte er erstaunlich gefällig mit.

10. Kapitel
Rollentausch

Der Dezembermorgen war neblig und kalt, aber Maunzi trat dennoch zusammen mit dem Professor durch die Haustür ins Freie. Immerhin hatte er ja Silky versprochen, ihr von seinen Erfahrungen in dem neuen Haushalt zu berichten. Aber im Grunde wäre er bei weitem lieber im Warmen geblieben, hätte in Muße sein Fell geputzt, die Reste aus dem Sahneschüsselchen geleckt und sich dann in dem weich gepolsterten Korb am Fenster zu einem gepflegten Nickerchen zusammengerollt. Die Nacht war sehr angenehm verlaufen. Die knarzenden Schnarcher, mit denen der Professor seinen tiefen Schlaf untermalte, hatten ihn wenig gestört. Sehr erfreulich hatte sich auch das Frühstück gestaltet, bei dem ihm ein Schälchen besonders knuspriger Knabberbissen serviert wurde und er mit seinem Menschen zusammen die Zeitung lesen durfte.

Die sah anschließend nicht mehr so besonders ordentlich aus, aber der Professor hatte nur gelacht und gemeint, die politische Lage könne man nicht besser kommentieren als mit einigen gezielten Krallenhieben. Dann hatte er ihm erklärt, er müsse am Vormittag eine Angelegenheit im Institut erledigen und käme erst am späten Nachmittag zurück. Er öffnete die Tür und verabschiedete sich mit den Worten: »Ich bin sicher, du möchtest die Zeit draußen verbringen, Silky. Dann komm mit, Kleine. Es war ja schon sehr aufopferungsvoll von dir, die ganze Nacht bei mir drinnen zu verbringen.«

Also strolchte Maunzi jetzt durch das reifbedeckte Gras Richtung Gartenhäuschen, um sich dort in seine alte Zufluchtstätte zurückzuziehen. Leicht angeekelt betrachtete er den zerrupften Jutesack, der ihm den Sommer über als Schlafplatz gedient hatte. Kurz erwog er, durch die Katzenklappe bei Jens ins Hausinnere zu schlüpfen, aber dann fiel ihm ein, das könne problematisch werden, solange Silky noch nicht draußen unterwegs war.

Von ihr hatte er an der einen Ecke eine kurze Nachricht gefunden, die darauf hinwies, sie habe in der Nacht eine erfolgreiche Jagd gehabt. Ein Stückchen Mauseschwanz bewies diese Behauptung. Vermutlich würde sie in kürze auftauchen.

Silky war von ihrem ungewohnt langen nächtlichen Ausflug redlich müde und hatte sich in den Morgenstunden auf dem Sofa zusammengerollt. Als Jens, unrasiert und mit schlafverklebten Augen nach dem Weckerpfeifen durch die Wohnung tappte, hatte sie nur einmal geblinzelt, zufrieden festgestellt, daß er den Futternapf füllte, bevor er die Kaffeemaschine anstellte, und war dann wieder in die Welt der Träume versunken. Bevor er aufbrach, um seinen Angelegenheiten nachzugehen, hatte er ihr einmal über den Rücken gestreichelt und sich höflich verabschiedet.

»Du scheinst ja eine lange Nacht hinter dich gebracht zu haben, Maunzi. So schlagkaputt habe ich dich noch nie gesehen. Hattet ihr eine Katerfete?«

»Brrrip«, hatte sie leise bestätigt und ein bißchen geschnurrt, weil sie sich so zufrieden fühlte.

»Frisches Futter steht in der Küche, die Klappe ist auf, aber ich muß jetzt weg, Kleiner. Bin später am Nachmittag zurück.«

Der Nebel hatte sich etwas gelichtet, als Silky sich einigermaßen ausgeruht fühlte und ihre Katzengymnastik absolvierte – vorne ganz lang strecken, hinten ganz lang strecken, einen gaaaanz runden Rücken machen, dann mit Elan vom Sofa springen und den Napf leeren. Es war solides Dosenfutter, nicht das selbstgekochte Zeug von gegenüber, aber es sättigte, und ihre Portion Frischmaus und einen Goldfisch hatte sie in der Nacht schon gehabt.

Anschließend machte sie sich auf zu ihrer Verabredung mit Maunzi.

Maunzi erwachte, weil ihn der warme Atem einer Katze an der Nase kitzelte.

»Penner!« gurrte Silky.

»Maulwurfjäger!« knurrte er zurück, aber beide klangen nicht wirklich ungehalten. Silky rückte etwas näher an den Kater heran und legte sich zu ihm auf den alten Sack. Es war schön, den kühlen Pelz an einen warmen zu schmiegen, und sie schnurrte leise.

»Hat es dir gefallen bei dem Professor?«

»Hat Stil, der Mann. Und bei dir?«

»Hab die Schnepfe vergrault.«

Maunzi fuhr auf und gab ein erstauntes Miau von sich. Silky kicherte böse.

»Sie hat behauptet, wir seien hinterhältig. Aber da schließt sie nur von sich auf andere.«

»Eine gute Tat.«

»Mhm!« Er kuschelte sich an ihren Rücken. »Ich habe deiner Hanae einen Gruß geschrieben.«

»Ah, auch eine gute Tat.«

»Hat es Probleme gegeben – ich meine, hat Jens Verdacht geschöpft?«

»Nee. Ich hab mich ein bißchen zutraulich gegeben. Leicht zu erziehen, der Junge. Und ein prima Raufer.«

»Ich raufe nicht gerne mit Menschen. Die Alte mochte es nicht. Sie hatte immer Angst um ihre Kleider.« Maunzi schnurrte nun auch und fügte hinzu: »Mit dir ist gut raufen!«

»Nachher. Hat der Professor etwas bemerkt?«

»Nö. Ich hab heute Morgen so getan, als wollte ich gerne raus. Wollte ich aber eigentlich nicht. Der Fußboden bei ihm ist so schön warm. Er ist gut erzogen und kocht überaus delikate Sachen.«

Maunzi bürstete ihr mit der Zunge das Nackenfell, und Silky gab kleine zufriedene Maunzer von sich.

»Wollen wir zusammen auf den Wackel gehen?« fragte sie nach geraumer Zeit. Er stand auf und schüttelte die Jutefasern vom Pelz.

»Eine kleine Runde!«

Die besagte kleine Runde beinhaltete eine atemberaubende Hetzjagd, Verstecken unter Büschen, hinter Gartenmöbeln und zwischen Mülltonnen, Anspringen von Begrenzungsmäuerchen und Zäunen aus, Umwerfen und über die Wiese rollen, Anschleichen um Ecken und Regenwassertonnen. Danach belauerten sie gemeinsam ein Mauseloch und überredeten zwei Bewohner, sich an ihren Spielen zu beteiligen – Maunzi überließ später sein Opfer Silky zum Verzehr. Beide Katzen fanden es höchst vergnüglich, und erst als die frühe Dunkelheit hereinbrach und der Nebel sich wieder verdichtete, setzten sie sich nebeneinander und glätteten ihre zerrauften Pelzmäntel.

»Wie ist es, willst du zu Jens zurück, Maunzi?«

»Tja, ich weiß nicht. Jetzt wo diese Nadine weg ist, wird es sicher erträglicher.«

»Bestimmt. Andererseits ...«

»Ja – andererseits ...«

»Also, wenn du nichts dagegen hast ...«

»Habe ich nicht, Silky. Ich muß mich nur an deinen Namen gewöhnen.«

»Ja, ich weiß, das knabbert an der Persönlichkeit. Na ja, wenn es zu schlimm wird, tauschen wir wieder. Schau, der Professor ist nach Hause gekommen, im Zimmer ist das Licht angegangen. Ein kurzes Maunzen auf der Terrasse, und du bist drin!«

Maunzi stupste seiner Freundin sanft seine Nase an die ihre und sprang dann zum Haus hin. Silky tändelte über die Wiese zu ihrer Katzenklappe, denn die feuchtkalte Luft machte selbst Jens' Wohnung einladend.

11. Kapitel
Einsamkeit, die Erste

Das Leben ließ sich recht angenehm an. Maunzis Bedenken wegen der Namensänderung erwiesen sich als verhältnismäßig nichtig, der alte Herr nannte ihn selten Silky, sondern hatte Dutzende von Kosenamen, mit denen er ihn bedachte. Ein paar Tage lang spielte der Kater ihm noch vor, er liebe es, sich draußen herumzutreiben, dann gab er es gänzlich auf und genoß es in vollen Zügen, von Dr. Evan verwöhnt zu werden. Die Küche war ihrer beider Lieblingsaufenthaltsort, wo Maunzi sich bei jedweder Verrichtung auf ein Plätzchen auf der Fensterbank niederließ und jede Handbewegung verfolgte. Wann immer ein Stückchen Wurst oder Käse abgeschnitten wurde, bekam er eine Kostprobe, durfte von der rosa gebratenen Entenbrust naschen (ein kulinarisches Erlebnis), erhielt ein Tellerchen Tatar (eine Sensation), und lernte die verschiedenen Formen der Saucen kennen, die der Hobbykoch so geschickt zu komponieren wußte. Sein Bäuchlein rundete sich ein wenig, aber das schadete in einem kalten Winter ja nicht, oder?

Im Wohnzimmer roch es inzwischen nach Tannenzweigen und Kerzenwachs, denn nicht nur in einer Bodenvase standen jene immergrünen Reiser, sondern auch auf dem Tisch lag ein Kranz mit vier goldgelben Kerzen, die nach Sommer, Honig und Bienen dufteten. Das hatte seine ehemalige Menschenfrau auch immer gemacht, und manch eine Stunde lag

Maunzi versonnen unter den mit kleinen, roten Kugeln geschmückten Zweigen und dachte an sie. Anfangs hatte er sie vermißt, aber eigentlich mehr deswegen, weil ihm sein gemütliches Heim genommen worden war, jetzt erinnerte er sich an ihre Liebe und Zuneigung, und wenn der Professor nicht gewesen wäre, der ihn immer wieder mit einem Kraulen und einigen brummig-zärtlichen Worten in die Gegenwart zurückholte, wäre er beinahe melancholisch geworden.

Und dann kam der wolkenverhangene, düstere Nachmittag, an dem sein Mensch eine der vier Kerzen anzündete und sich mit einer Tasse Kaffee und einem Teller kleiner bunter Plätzchen in seinen Sessel setzte. Die Plätzchen hatte eine Nachbarin vorbeigebracht, eine freundliche Dame von rundlicher Gestalt, die in der Wohnung über ihnen lebte. Sie hatte sie nach eigenen Angaben selbst gebacken, was Maunzi ihr glaubte, denn tags zuvor hatte es im Flur nach Butter und Gewürzen gerochen. Nicht unangenehm, wirklich nicht, doch das daraus resultierende Produkt war das erste, das er tatsächlich ablehnen mußte, als der Professor ihm ein Stückchen zum Probieren reichte. Süßes war nicht sein Geschmack, ein Häppchen Salami zog er dem deutlich vor. Dem alten Herren schienen die Kekse aber komischerweise auch nicht zu schmecken. Er hatte einen angebissen und dann wieder auf den Teller gelegt. Auch von dem Kaffee hatte er nur einen Schluck genommen, und das Buch, das er sich sonst immer vors Gesicht hielt, blieb ungeöffnet auf dem Tisch liegen, die Brille, die er immer auf der Nase balancierte, wenn er las, ruhte daneben.

Maunzi strich um seine Beine, was komischerweise auch nicht die übliche Reaktion hervorrief. Ganz still und in sich versunken saß sein Mensch da und starrte in die Flamme der Adventskerze.

»Mirrrip?« fragte Maunzi leise.

Er bekam keine Antwort, obwohl der Professor ansonsten seine Sprache ausgezeichnet verstand.

Für eine Weile suchte er also sein Körbchen auf und schaute in den kahlen, braunen Garten. Ein leichter Schneeregen ging nieder, und an den laublosen Ästen hingen kleine Tröpfchen. Hier und da bildete sich eine weiße Kruste über dem Gras, und der Boden versprach, sich in eisigen Schlamm zu verwandeln. Wie gut er es doch hatte, ein warmes, trockenes Zuhause zu besitzen.

Merkte das sein Mensch eigentlich nicht?

Maunzi unternahm einen neuen Versuch, strich noch einmal um den Sessel, was aber gänzlich unbemerkt blieb. Also mußte man wohl die Initiative ergreifen.

Ein kurzer Sprung, und er landete auf den Knien des Professors.

»Oh, Mauserchen, dich habe ich ganz vergessen!« murmelte der und stützte Maunzis Hinterteil mit seiner Hand, damit er sich zu einem Kringel zusammenrollen konnte.

»Brrrrimm!«

»Ja, du hast recht, es ist warm und gemütlich hier drinnen. Und ich sollte mich glücklich schätzen, daß ich lebe und du bei mir bist, Kätzchen. Aber heute gehen mir so viele Gedanken durch den Kopf.«

Er streichelte versonnen über den weichen Pelz, und Maunzi schnurrte.

»Es war auch ein erster Advent, weißt du. Ich war noch ein sehr junger Mann, hatte gerade mein Studium begonnen.

Ungeheuer stolz war ich, meine erste eigene Bude zu haben, ein Zimmer nur, mit Kochgelegenheit, und ein Badezimmer, das ich mir mit zwei anderen Bewohnern teilen mußte. Natürlich besaß ich kein Auto, sondern einen rostigen Drahtesel von biblischem Alter, den ich im Keller abstellen durfte. Einen Adventskranz hatte ich natürlich nicht - ich mußte mir mein Geld sehr gut einteilen, und für Kerzen und Weihnachtsschmuck war da kein Spielraum. Trotzdem war es ein denkwürdiger Tag, den ich schließlich bei Kerzenschein und süßem Gebäck beendete.«

Diesmal aß der Professor den Keks auf, und Maunzi mußte sich einen Krümel von den Ohren wischen. Dann sah er erwartungsvoll auf, in der Hoffnung, mehr zu erfahren. Er liebte diese tiefe, ein wenig heisere Stimme seines Menschen.

»Schuld war natürlich eine Katze, wie nicht anders zu erwarten.«

»Miripps?«

»Katzen sind offensichtlich mein Schicksal, Mauserchen. Damals war es eine schwarze mit weißen Pfoten, ein ganz winziges Ding noch. Ein Stoppelkätzchen sicher, aus einem späten Wurf, vielleicht zwei Monate alt. Es hatte sich durch ein Kellergitter gezwängt und war im Lichtschacht gefangen. Ich hörte es jammern, als ich mein Fahrrad abstellte. Also versuchte ich, das von Spinnenweben und Rost verschmutze Kellerfenster aufzumachen, wobei ich mir fast einen Finger gebrochen hätte, und als ich es endlich auf hatte, sprang mir das verängstigte Tierchen auf den Kopf und zog mir die Krallen über die Stirn. Na ja, so sind junge Katzen eben.«

»Mau!«

»Nein, ich habe es ihr nicht übel genommen. Aber es kostete mich auch noch meinen neuen Pullover, bis ich das Pelzchen endlich eingefangen hatte. Ich schleppte sie erst einmal mit in mein Zimmer, weil mir nichts Besseres einfiel. Dort schoß sie wie eine Hummel im Glas herum – groß war der Raum ja nicht, warf eine Lampe um, riß eine Gardine herunter, landete schließlich auf meinem wackeligen Arbeitstisch und machte vor lauter Aufregung ein Pfützchen auf eines der kostbaren Bücher, die ich aus der Bibliothek ausgeliehen hatte.«

»Mauau!«

»Ja, da hast du recht, das war bedauerlich. Ich war auch ein wenig ratlos, muß ich gestehen. Was sollte ich nur mit einem jungen Kätzchen anfangen, in meinem winzigen Zimmer, mit meinem bescheidenen Budget, in das Katzenfutter und Tierarzt – abgesehen von den Schäden aus ihrer wilden Zerstörungswut – gigantische Löcher reißen würden. Aber einfach wieder in die kalte Dezembernacht konnte ich es ja auch nicht schicken.«

»Mirrr!« Maunzi rieb seinen Kopf an dem Jackenärmel, um seine Zustimmung zu zeigen.

»Danke. Nun, das Schicksal wußte eine Lösung. Das Tierchen war auf meinem Bett eingeschlummert, und während ich noch überlegte, da hörte ich draußen eine Frauenstimme locken und rufen. ›Susi! Susi!‹, rief sie immer wieder. Die Idee, eine menschliche Susi könnte gemeint sein, kam mir keinen Moment lang. Ich flüsterte also der Kleinen ›Susi!‹ ins Ohr, und sie spitzte es sofort. Also zog ich mir meinen zerfetzten Pullover wieder über, schloß sorgsam die Tür hinter mir und lief nach draußen. Die Ruferin, Mauserchen, war ein Mädchen, wie ich noch nie zuvor eines gesehen hatte. Sie hatte sich zwar in einen dicken, grauen Mantel gewickelt, aber ihre roten Locken schienen wie Kerzenflammen in der Winternacht. Ich brauchte ein paar Sekunden, bis ich wieder genügend Luft bekam, um sie anzusprechen, und ich fürchte, ich habe ziemlich dummes Zeug gestottert. Und dann starrte sie mich mit so riesiggroßen braunen Augen an, daß mir wieder alle Worte fehlten. Erst als sie mich am Ärmel zerrte und fragte: ›Hat Susi das gemacht?‹, fiel mir wieder mein ziemlich zerkratztes Gesicht ein. Ich muß auf sie gewirkt haben, wie Frankensteins Monster.«

»Mau!«

»Na ja, vielleicht auch nicht. Jedenfalls war sie heilfroh, ihre Susi wiedergefunden zu haben und kam mit in mein Zimmer. Hier sah sie auch die anderen Schäden bei Licht – den zerfetzten Pullover, die zerborstene Lampe, die heruntergerissene Gardine, das feuchte Buch. Sie wand sich vor Verlegenheit, und ich wand mich ebenfalls, in meinem Bemühen, ihr zu verstehen zu geben, das alles seien nur Bagatellen für mich. ›Sind es nicht!‹, erklärte sie. ›Das wenigste, was ich im Augenblick machen kann, ist Sie zu bitten, Sie mit Kaffee und Kuchen entschädigen zu dürfen.‹ So kam es, daß ich Susi und Dorothee begleitete, die zwei Häuser weiter noch bei ihren Eltern wohnte. Man nahm mich sehr freundlich auf, ihre Mutter verarztete meine Kratzer, Dorothee drückte mir den Pullover in die Hand, den sie gerade für ihren Bruder gestrickt hatte, der Vater goß mir einen Cognac ein, und anschließend versammelten wir uns um einen Eßtisch mit einem großen Adventskranz in der Mitte. Susi hatte sich nach ihrem Abenteuer zufrieden in ihren Korb zurückgezogen und wollte von uns Menschen erst einmal nichts mehr wissen.«

»Mirrip?«

»Erst einmal. Sie war es nämlich, die die Fäden zwischen Dorothee und mir immer fester spann, und nach einem Jahr wußten wir drei, wir würden zusammenbleiben. Fünfzig Jahre auf den Tag ist es heute her, daß eine winzige kleine Katze Dorothee und mich zusammengeführt hat. Susi hat ihre Reise zu den himmlischen Steppen vor genau dreißig Jahren angetreten, eine würdige alte Dame, die nie, nie auf ein Buch gepinkelt hätte. Ihr folgte Pascha, ein Kater von Format, der uns siebzehn Jahre begleitete, und dann war Malika Seidenschwanz unsere Freundin.«

Unvermittelt legte sich eine so dunkle Wolke um den Menschen, daß Maunzi sich beinahe erdrückt fühlte. Er hob den Kopf und brummte.

»Verzeih. Nur, die Erinnerung ist so schmerzhaft. Malika war krank, wir mußten sie ... Sie wollte nicht mehr leben. Wir hatten uns von ihr verabschiedet und waren auf dem Weg nach Hause. Da passierte der Unfall.«

Maunzi sah, was der Mann, der ihn festhielt, verschwieg. Er fühlte seine Trauer, und richtete sich so weit auf, bis seine Pfoten auf den Schultern des Professors ruhten. Dann drückte er seinen Kopf an dessen Hals, und mit einem lauten Schnurren begann er seinen Trostgesang.

12. *Kapitel*
Einsamkeit, die Zweite

Jens hatte einen Anfall unnatürlicher Ordnungswut, stellte Silky fest und verzog sich stillschweigend durch die Klappe nach draußen. Nicht nur das röhrende, staubaufsaugende Ungeheuer hatte er aus dem Schlaf geweckt, nein, er hatte auch mit feuchten Tüchern um sich geschlagen, Böden naß gemacht und Möbel abgewischt, Decken und Kissen ausgeschüttelt – und dann wieder von vorne angefangen, weil sich die Reihenfolge dieser Tätigkeiten als nicht so praktikabel erwies. Er hatte seine Wäsche gewaschen und sogar mit dem Bügeleisen herumhantiert, war einkaufen gewesen und hatte das Katzenklo mit frischer Streu befüllt. Er hatte sogar einen etwas zerzausten Adventskranz erstanden, mit blauglitzernden Bändern umwickelt und vier goldenen Kerzen bestückt. Einen Pappteller mit Keksen hatte er auch bereitgestellt.

Kurzum, Jens erwartete hohen Besuch.

Von seiner Mutter.

Silky grinste in sich hinein, als sie das aus seinen Seufzern entnahm. Offensichtlich hatten Menschenjunge auch im Alter noch Respekt vor Mama.

Sie selbst machte Revierdienst und fand alles zu ihrer Zufriedenheit. Als die Mutter eintraf, hatte sie sich sogar ordentlich Pfoten und Gesicht gewaschen, genau wie Jens, aber ihren Bart hatte sie sich natürlich nicht rasiert, wie er. Die Dame kam nicht alleine, und betrüblicherweise hatte sie eine gewisse Ähnlichkeit mit Nadine. Ihre Schuhe beispielsweise waren genau solche Folterinstrumente wie die der vertriebenen Schnepfe, spitz und mit widerlich hohen Absätzen. Ihre Bemerkungen zum Katzenbesuch waren ebenso spitz, und ihre Stimme, mit der sie mißfällig über Tierhaarallergien nörgelte, von einer raspeligen Rauheit. Silky zog sich oben auf das Regal zurück und übte sich in Unsichtbarkeit. Der weitaus jüngere Begleiter der Mutter war zurückhaltender und verströmte zu ihrem Erstaunen Wellen von Unbehagen. Die prallten auf Wellen von Ablehnung seitens Jens, der sich aber bemühte, sich einigermaßen freundlich zu verhalten.

»Mike und ich haben Urlaub in Marokko gebucht, Jens. Wir wollen die Weihnachtstage einmal ganz für uns haben!« gurrte die Frau jetzt und schmiegte sich an ihren Begleiter. Jens nickte nur. »Du kannst ja deinen Vater besuchen, wenn du Gesellschaft brauchst«, fügte sie dann noch mit einem giftigen Unterton hinzu.

»Vater ist mit seiner Freundin in die Karibik geflogen.«

»Ach du armer Junge. Aber sicher wird sich eine Freundin finden, mit der du die Tage verbringen kannst. Wir waren ja nie eine sentimentale Familie, die Wert auf rührselige Weihnachtsfeiern legte.«

Sie plapperte ziemlich hektisch noch eine Weile vor sich hin, der junge Mann neben ihr dünstete dumpfe Verdrossenheit aus, Jens leise sich steigernde Nervosität. Endlich stand seine Mutter auf, holte aus einer Supermarkt-Plastiktüte ein grellbunt eingewickeltes Päckchen und meinte: »Soll ja nicht heißen, ich hätte meinen einzigen Sohn vergessen. Also, dann mach's mal gut, Jens. Ich schick dir ein Kärtchen!«

Dann rauschte sie mit ihrem Galan ab, der während der ganzen Zeit nicht mehr als drei Worte gesagt hatte.

»Puh!« stöhnte Jens auf und schickte einen schrägen Blick nach oben. Silky schenkte ihm einen ebenso schrägen Blick von oben hinunter und machte sich dann an den Abstieg. Sie schnüffelte vernehmlich, und ihr Mensch verstand.

»Ja, ich mach ja schon das Fenster auf. Ihr Parfüm war ein bißchen stark.«

Silky unternahm einen kurzen Streifzug, um sich auszulüften, aber da es verhältnismäßig ungemütlich draußen war, kehrte sie bald wieder zurück. Sie fand ihren Menschen auf dem Sofa liegend und trübsinnig vor sich hinstarrend. Das Päckchen hatte er ausgewickelt und das Paar roter Socken mit einem weißen Flauschrand und die Boxershorts mit dem grinsenden Santa Claus achtlos beiseite geworfen. Erstmals, seit sie ihn kannte, verspürte Silky ein gewisses Mitleid mit dem Jungen. Bisher war er ihr immer munter und gutmütig erschienen, bereit, jeden Katzenspaß mitzumachen, wilde Ballspiele, wüste Raufereien, Bänderjagen, Lauern und Verstecken, und was diese unbeholfenen Zweibeiner sonst so hinbekamen. Jetzt war etwas Trübes um ihn, so etwas wie Traurigkeit. Sie lief zu ihrem Lieblingsliegeplatz und zerrte die Stoffmaus hervor, mit der sie ihn immer zum Lachen brachte, nahm sie ins Maul und trug sie zu ihm. Auffordernd ließ sie das Spielzeug auf seinen Bauch fallen.

Er bemerkte es nicht einmal.

Das wurde ja immer schwieriger. Da mußte man wohl zu ganz anderen Maßnahmen greifen!

Eine trübsinnige Kleinkatze wurde von ihrer Mutter so lange geputzt und beschnurrt, bis sie wieder munter war.

Vielleicht sollte sie das mal versuchen, auch wenn Maunzi gesagt hatte, er sei nicht so ein Schmuser. Aber es gab Stunden ...

Entschlossen sprang Silky hoch und legte sich auf der angenehm festen Bauchdecke des jungen Mannes zurecht.

»Mirrrrip?« fragte sie leise.

Seine Hand strich ihr über den Rücken und stützte dann ihr Hinterteil.

»Ach, Kätzchen!« seufzte er und schloß die Augen. »Ich weiß, es ist dumm von mir, überhaupt etwas zu erwarten. Ich weiß ja, wie sie ist.«

»Mau.«

»Genau. Die große Heldenmutter war sie nie, ich bin der ungeplante Stolperstein in ihrem Leben und hab ihr die Karriere versaut. Welche auch immer. Es ging ja noch ganz gut, als sie mit Vater zusammen war, da hat sie es ein paar Jahre genossen, die Gesellschaftsdame zu spielen, aber als ich acht war, hat er ihre Launen und ihr Genörgel leid gehabt. Mich fand er auch nicht so toll, also hat er sich auf dem Markt umgesehen. Für den Herrn Bankdirektor gibt es immer ein attraktives Mäuschen, weißt du.«

Mäuschen, ja, das verstand Silky. Zustimmend rieb sie ihren Kopf an seinem Flanellhemd.

»Das neueste ist genauso alt wie ich, und würde vermutlich besser zu Mamas Lover passen. Gott, was für eine Familie! Unsentimental, wirklich. Ich weiß gar nicht, wann ich mal wirklich ein richtiges Weihnachtsfest erlebt habe. Ist ja auch nicht so wichtig, sich mit schwerem Essen den Bauch voll zu stopfen, sich unnützes Zeug zu schenken und auf Freudenjuchzer zu warten. Ich mag es auch nicht, wenn rührselige

Kinderchöre jubilieren und irgendwer schwülstige Reden von Frieden auf Erden schwingt, während anderswo die Erde brennt.«

»Brrips!«

»Ja, du stimmst mir zu, Katzen kennen auch keine Weihnacht. Euch tritt Mutter auch unbarmherzig aus dem Revier, wenn ihr auf den eigenen Pfoten stehen könnt. Unabhängigkeit ist etwas Schönes, niemandem verpflichtet sein, keine Spielchen treiben müssen, keine Rücksichten nehmen müssen. Und niemanden zum Kuscheln haben.«

»Brimmm!«

»Noch nicht mal Nadine. Ach, Mist. Aber ich kann mich doch nicht ständig rupfen lassen, nur um ein paar Streicheleinheiten zu bekommen. Das nagt am Selbstbewußtsein, das geht nicht.« Er schwieg ein Weilchen und streichelte Silky mit sanften Händen. »Ich hatte eine Zeitlang einen Freund, als ich so zehn, zwölf Jahre alt war. Der hatte einen richtigen Prachtkater!«

»Mauaua?«

»Ja, ja, er war doppelt so groß wie du, einen Norweger nannten sie ihn. Ich fand ihn toll. Er machte alle möglichen Spiele mit, und die waren manchmal reichlich rauh. Ein Raufer, wie man ihn sich nur wünschen konnte, aber nie nachtragend. Wenn wir müde wurden, legte er sich zu einem und schnurrte, und manche Nacht, die ich bei meinem Freund verbrachte, hatte ich seinen dicken Pelz um den Kopf gewickelt. Ich hätte gerne eine eigene Katze gehabt, aber Mutter – na ja, du hast sie ja gesehen. Sie mag Tiere nicht.« Er drückte Silky etwas fester an sich und murmelte leise: »Ich schon. Dich vor allem, Mausebär!«

»Brmmmmm!«

Silky leckte ihm mit ihrer rauhen Zunge über die Augenbrauen, und er lachte plötzlich auf.

»Du kannst gut dunkle Wolken vertreiben. Auf, mein Junge, da ich Katzen so liebe, werde ich mir jetzt einen ausgewachsenen Muskelkater verschaffen. Die Hanteln haben schon lange genug Pause gehabt.«

Eine halbe Stunde später hockte Silky in Jens' verschwitztem Nacken und feuerte ihn mit leichten Tatzenhieben rechts und links auf die Ohren zu noch weiteren hundert Liegestützen an.

Daß sie dabei übermütig grinste, sah er zum Glück nicht.

13. *Kapitel*
Verschüttet

Es schneite, und das heftig! Dicke, matschige Flocken wirbelten wie Wattebäuschchen vom Himmel und bedeckten die Welt mit einem weißen Tuch. Maunzi beobachtete es fasziniert durch das Fenster von seinem warmen Körbchen aus, Silky hingegen konnte nichts im Haus halten. Viel zu begeistert war sie von dem Phänomen aus tanzendem Flaum, der sich draußen über die Wiese und die Büsche verteilte. Sie stob durch den frischen Schnee, haschte hier und da nach den Flocken, versuchte gleichzeitig das kalte Naß von Vorder- und Hinterpfoten zu schütteln, landete dabei auf dem Bauch, wälzte sich in dem unberührten Weiß, scharrte darin und jagte und schlitterte hinter den Bällchen her, die Jens ihr lachend zuwarf. Selbst als er sich darauf kaprizierte, ihre Nase mit den luftigen Kugeln zu treffen, maunzte sie nur vor Glück auf, tatzte danach und schüttelte dann das feuchte Fell aus.

Leider hatte ihr Mensch bald genug von dem Spiel und verschwand, nicht ohne Murren, denn das Auto war ebenfalls zu einem weißen Hügel am Straßenrand geworden, das er erst befreien mußte, zu seinen Vorlesungen. Auch der Professor hatte seine Wohnung verlassen, da er aber ein Extra-Zimmer für sein Fahrzeug hatte, brauchte er weder zu schaufeln noch zu kratzen.

Als beide Menschen außer Sichtweite waren, stromerte

Silky durch die Hecke zu den Terrassenfenstern, hinter denen sie Maunzi vermutete.

Er sah sie kommen und trat an das Glas, um sie zu begrüßen. Jede Bewegung von ihr lockte ihn nach draußen, versprach ungeheuerliche Freuden in dem kalten Matsch.

Er lehnte ab mit dem Hinweis auf seinen warmen Korb und die flauschigen Decken.

Silky zuckte mit den Schnurrhaaren und trollte sich durch das Schneegestöber.

Bis zum Abend fielen weitere Niederschläge, doch so richtig kalt war es dabei nicht geworden. Weniger pudrig als matschig lag die kalte Last auf Ästen und Dächern, und dann und wann fiel mit einem Platsch eine Ladung herunter.

Und das sollte Silky beinahe zum Verhängnis werden. Am Abend suchte sie nämlich noch einmal die Terrasse auf, um vielleicht doch ihren Katerfreund zu einer kleinen Runde zu bewegen, als sich just vom Dach oben eine ganze Lawine löste. Mit einem dumpfen Poltern kam sie auf dem Boden auf. Zwar wollte Silky zur Seite springen, aber dabei geriet sie nur in einen noch größeren Schwall Schnee.

Maunzi hatte mit Entsetzen beobachtet, was sich draußen abspielte, und da soeben der Professor in die Wohnung trat, raste er mit einem lauten Schrei zur Tür hin.

»Nanu, was bedeutet das denn?« fragte sein Mensch überrascht, aber Maunzi hatte wenig Zeit, etwas zu erklären. Er kratzte wie wild an der Türfassung und maunzte.

»Bist du sicher, daß du in den Matschschnee hinauswillst?«

»Maumau!«

»Also gut. Aber es gibt gegrillte Hähnchenbrust heute Abend!«

Resigniert öffnete Dr. Evan die Tür, und seine Katze stob davon. Er selbst brachte seine Einkäufe in die Küche und wunderte sich. Seit über einer Woche hatte seine Silky keinen Schritt mehr aus der Wohnung getan.

Maunzi hetzte durch den pappigen Schnee um das Haus, sprang über das Gartenmäuerchen, rutschte aus und landete in einem Busch, der ihn mit dem widerlichen Zeug überschüttete, rappelte sich auf und nahm Kurs auf den riesigen Haufen, der sich auf der Terrasse gebildet hatte. Irgendwo darunter war seine Freundin begraben. Mit fliegenden Pfoten machte er sich daran, den Schnee wegzuscharren. War da nicht etwas Dunkles? Nein, nur ein Ast, kein Katzenschwanz. Er versuchte es an einer anderen Stelle, Schneebatzen flogen in alle Richtungen. Seine Ballen waren schon ganz taub vor Kälte, aber er grub weiter,

Da, ein nasses Ohr.

Ein zweites.

Eine rosa Nase, sehr kalt.

Er blies seinen warmen Atem daran.

Ein verklebtes Auge öffnete sich.

Maunzi scharrte noch ein Stückchen weiter und bekam eine Pfote frei. Mühsam regte Silky sich und schnaufte.

»Hilf mir, ich kann meine Beine kaum noch bewegen«, brummelte er ihr ins Ohr. Sie drehte den Kopf hin und her und bekam etwas mehr Bewegungsfreiheit. Mühsam gelang es den beiden schließlich, sie aus dem Berg Schnee zu befreien.

»Irgendwas kaputt?« wollte Maunzi wissen, als er ihr fürsorglich über die Stirn schlappte.

»Glaub nicht. Aber kalt ist mir.«

»Schaffst du es bis nach drüben?«

»Wird wohl gehen.«

»Ich komm mit.«

Ein bißchen wackelig stapfte sie hinter dem Kater her. Bei Jens war noch alles dunkel, darum schlüpfte Maunzi mit durch die Klappe. Hier im Warmen begann Silky sofort, sich das Fell zu putzen, während sich Maunzi in seinem alten Heim umsah.

»Die Wollmäuse sind weg.«

»Mhm, ja. Hat neulich sauber gemacht.«

»Es sind mehr Bücher auf dem Schreibtisch.«

»Ja, er nuschelt immer etwas davon, er müsse unbedingt seine Arbeit fertigkriegen.«

»Das erzählt der Professor auch immer. Ob die das gleiche arbeiten?«

»Könnte man meinen. Willst du einen Happen?«

Sie besuchten die Küche und leerten den Napf mit dem Trockenfutter in friedlicher Eintracht.

Silky hatte sich recht schnell wieder erholt, war aber dann doch ganz froh, daß Maunzi sich wärmend an sie kuschelte und dann und wann mit der Zunge über ein noch immer feuchtes Stückchen Pelz bürstete. Sie dösten gemeinsam ein wenig und fühlten das, was Katzen als große Innigkeit bezeichnen würden. Beide schnurrten dabei leise, und die Vibrationen wärmten Silky beinahe mehr als die Körperwärme ihres Freundes.

»Der Professor ist ziemlich einsam!« murmelte Maunzi irgendwann in ihr Ohr. »Hat niemanden zum Schurren und Unterhalten.«

»Doch, dich!«

»Reicht einem Menschen doch nicht.«

»Mhmmm. Stimmt wohl. Jens ist auch ziemlich alleine. Die Mutter hat ihn zu früh verlassen!«

Maunzi verstand das, Katzen, die zu früh von der Mutter weggestoßen wurden, hatten auch manchmal Probleme.

»Die Mutter ist so ähnlich wie Nadine.«

»Und die hast du weggejagt.«

»Die wär sowieso bald gegangen.«

Sie versanken wieder in versonnenes Dösen, doch plötzlich zuckte Maunzis Ohr.

»Mit dem Professor hat er sich angegiftet.«

»Wer?«

»Der Jens!«

»Ja. An der Reviergrenze. Das ist doch normal!«

»Eben, haben wir auch. Aber jetzt ...« Er grub seine Nase in ihr Nackenfell und pustete sie warm an.

»Ja, jetzt ist es schön!« bestätigte Silky und schnurrte besonders laut.

»Vielleicht würden die sich auch mögen.«

»Alter Kater und junger Kater? Na ja, manchmal klappt das.«

»Sie haben viel gemeinsam.«

»Mhm. Uns.«

»Und die Bücher.«

»Ja, die auch.«

»Sie müßten nur mal zusammenkommen.«

»Wir könnten uns was überlegen.«

Und das taten sie dann auch.

14. Kapitel
Ausrutscher

Über Nacht war die Temperatur dann doch gesunken, und der Schneematsch war gefroren. Mißmutig schaute Jens aus dem Fenster. Das bedeutete wieder eine höllische Arbeit, das Auto freizukratzen, ganz abgesehen davon, daß auf den Straßen das blanke Chaos herrschen würde. Trotzdem, er mußte dringend in die Bibliothek, es fehlten ihm noch wichtige Quellenangaben, die er nachschlagen mußte. Diese Arbeit, die er zu schreiben hatte, interessierte ihn mehr, als er gedacht hatte, und er hoffte, sie mit Bravour erledigen zu können. Eine gute Note in seinem Hauptfach war ein wünschenswerter Schritt zu einem erfolgreichen und schnellen Studienabschluß. Wenn Jens auch ein durchaus geselliges Leben führte, so glomm doch ein gewisser Ehrgeiz in ihm, und die Vorstellung, das karge Studentenleben mit einer gutbezahlten Anstellung vertauschen zu können, erschien ihm, anders als manchen Kommilitonen, sehr erstrebenswert. Er war bereit, hart dafür zu arbeiten.

Auch an kalten Wintertagen mit vereisten Straßen.

Also zog er seine Steppjacke an und schnappte sich die Handschuhe, um sich an die Mühsal zu machen, das verkrustete Eis von seinem Auto zu schaben. Nach einer anstrengenden Viertelstunde hatte er unter Fluchen und Murren einige Sichtlöcher freibekommen und stapfte zurück in die Wohnung, um seine Tasche zu holen. Er fand seine

Katze daneben thronend, die es irgendwie geschafft hatte, die Papiere aus der Mappe zu polken und nun begeistert an dem Studentenausweis nagte.

»Maunzi, laß das!« fauchte er sie ungehalten an.

Das Tier blinzelte ihn – ja tatsächlich – herausfordernd an, und schoß mit dem Ausweis im Maul zur Katzenklappe.

»Nein!« brüllte Jens hinter ihr her. »Nicht! Das Ding brauche ich doch!«

Zu spät, Silky war schon draußen. Dort im Garten blieb sie sitzen und bearbeitete die eingeschweißte Kennkarte mit den Krallen.

Jens raste nach draußen, um sie zu packen.

Die Katze war schneller.

Und wendiger. Sie flitzte über die Wiese und raste auf den Zaun zum Nachbargrundstück zu.

Unter Jens' Füßen knirschte der verharschte Schnee, als er mit großen Schritten hinter ihr her hetzte.

Fast hätte er sie erwischt, da schlüpfte sie auch schon durch den Zaun.

»Mist, verfluchter!«

Mit dem Alten von nebenan wollte er sich eigentlich nicht noch einmal anlegen. Aber seinen Ausweis brauchte er. Also eine kühne Flanke über den Zaun und der Katze hinterher.

Sie sauste zielgerade auf die Terrasse zu.

Jens ihr nach.

Da passierte es.

Die Bodenfliesen waren mit einer spiegelglatten Eisschicht überzogen.

Silky schlitterte, fuhr die Krallen aus und kam zum Stehen.

Jens hatte diese Möglichkeit nicht. Ihm blieb nur die

Ganzkörperbremse. Mit einem lauten Rums krachte er gegen die Fenstertür.

Der Studentenausweis lag neben ihm und wies lediglich leichte Bißspuren auf. Er fühlte sich erheblich stärker demoliert. Die Katze war fort, und sein linker Fuß begann höllisch zu schmerzen.

»Mein Gott, Junge, was ist passiert?«

Das nächste, was Jens wahrnahm, war das Gesicht eines überaus besorgten Mannes, das sich über ihn beugte.

»Ausgerutscht.« Er rappelte sich in eine sitzende Position auf und stöhnte. »Verzeihen Sie, es war wegen der Katze mit dem Ausweis.«

Er wußte, daß es sich wirr anhörte, war aber im Augenblick noch ein bißchen benommen.

»Wegen Katzen passieren die verrücktesten Dinge, junger Mann. Ich würde ja gerne versuchen, Ihnen aufzuhelfen, aber ich bin leider selbst etwas lädiert.«

Dr. Evan wies auf seinen Stock.

»Geht schon. Autsch!«

»Sie haben sich den Fuß verletzt.«

»Richtig. Uh, Mist.«

Jens hielt sich am Türrahmen fest und schnaufte.

»Kommen Sie rein, ich schaue mir das an.«

Der Professor stützte den Humpelnden etwas ungeschickt und führte ihn zu seinem Sessel. Wie ein Gespenst verschwand Maunzi von der Bildfläche und wurde von den beiden Männern nicht gesehen. Er beglückwünschte seine Freundin, sie hatte offensichtlich ganze Arbeit geleistet.

Jens schnürte mit klammen Fingern seinen Schuh auf, und Dr. Evan half ihm, ihn auszuziehen.

»Eine feste Bandage sollte erst einmal helfen, dann fahre ich Sie zum Arzt.«

»Bloß nicht, ich muß unbedingt in die Bibliothek, die machen mittwochs immer so früh zu!«

»Junger Mann, Sie sind auf meiner Terrasse zu Schaden gekommen ...«

»Ach, vergessen Sie's. Ich heiße übrigens Jens Krauskopf, und nur Leute, die mir wirklich übel wollen, nennen mich so.«

Der Professor sah ihn mit einem Kopfschütteln lächelnd an.

»Und wer Ihr Wohlwollen zu erringen wünscht?«

»Sagt einfach Jens.«

»Nun, Jens, dann halten Sie still, damit ich die Bandage anlegen kann.« Geschickt wickelte der Professor das elastische Band um den verstauchten Knöchel und stellte sich dabei vor: »Ich bin Maarten Evan. Bei unseren ersten Begegnungen kamen wir ja nicht dazu, uns miteinander namentlich bekannt zu machen.«

Jens hatte den Anstand, ziemlich rot zu werden, als er sich an die Beschimpfungen erinnerte, die er ausgestoßen hatte. Plötzlich wurde er sehr blaß.

»Professor Dr. Evan?«

»Flößt Ihnen das eine unerwartete Achtung ein?«

»Äh – ich ... Ihre Bücher ...«

»Sagen Sie nur, Sie lesen derart trockenes Zeug?«

»Ich verschlinge es. Ich war gerade auf dem Weg, mir eines aus der Bibliothek auszuleihen, das ich für meine Semesterarbeit benötige. Über den wirtschaftlichen Einfluß der Frauen in der mittelalterlichen Stadt.«

Nun war es an dem Professor, sich mit einem erstaunten Gesichtsausdruck zurückzulehnen.

»In der Tat?«

Jens nickte.

»Ein unheimlich spannendes Thema!«

»Ihre Kommilitoninnen werden Ihnen zu Füßen liegen!«

»Nö, die sind sauer, weil ich mir das Thema geschnappt habe, und unterstellen mir jetzt schon Macho-Sichtweisen.« Er grinste, obwohl ihn das Fußgelenk noch ziemlich schmerzte.

»Nun, ein Gutes dürfte Ihr Ausrutscher dann wohl gehabt haben, Jens. Das Buch, das Sie benötigen, kann ich Ihnen selbstverständlich auch zur Verfügung stellen. Aber jetzt verraten Sie mir doch mal, wieso eine Katze mit einem Ausweis Sie vor meine Wohnung hat schlittern lassen.«

Er tat es, und anschließend gerieten der Student und der Professor immer tiefer in eine für beide Seiten höchst ergötzliche Fachsimpelei, weshalb sie überhaupt nicht bemerkten, daß zwei gespitzte Ohren und zwei grünfunkelnde Augen sie wohlwollend über den Rand von »Werthers Leiden« beobachteten.

Maunzi hatte es sich auf dem obersten Regalbrett hinter der Goethe-Gesamtausgabe gemütlich gemacht, um keine Verwirrung zu stiften. Dr. Evan hatte natürlich erwähnt, auch er beherberge eine Katze, ihn dann aber mit einer gewissen Menschenscheu entschuldigt, da er auf den ersten Blick einfach nicht auffindbar war. Menschenscheu war er natürlich nicht, schon gar nicht Jens gegenüber, aber es störte ihn auch nicht, daß die beiden die Existenz einer Katze völlig vergessen hatten. Der alte und der junge Mann verstanden sich eindeutig immer besser, und als Jens sich schließlich verabschiedete, hatte er eine Dauereinladung erhalten, so oft vorbeizukommen, wie er nur wünschte, und war ebenfalls aufgefordert worden, seine Arbeit, soweit sie inzwischen fertiggeschrieben war, zur Begutachtung vorbeizubringen.

Ja, die beiden verstanden sich gut, und vielleicht konnten sie sich gegenseitig von ihrer Einsamkeit und Trauer ein wenig ablenken.

»Mauserchen, da oben steckst du!«

»Mirrip!«

»Eine heimliche Lauscherin warst du also. Hat dir der Junge nicht gefallen?«

Maunzi machte sich vorsichtig an den Abstieg, um nicht aus Versehen eines der Bücher hinunterzuwerfen.

»Maumau.«

»Was soll das heißen? Schüchtern? So kenne ich dich gar nicht. Und jetzt willst du nach draußen. Na, dann lauf, Kleine!«

Maunzi hatte diesmal wirklich das Bedürfnis, durch den Garten zu laufen, um seiner Freundin Silky am Gartenhaus eine Botschaft zu hinterlassen. Er brauchte aber gar nicht bis dorthin zu wandern, die kühne Jägerin hatte ihm bereits aufgelauert und sprang ihm von einem niedrigen Ast aus ins Genick, um sich mit ihm zu balgen. Als der Rauferei Genüge getan war, setzten sie sich nebeneinander und beglückwünschten sich zu ihrer guten Tat.

15. Kapitel
Finanzkrise

Jens hatte nach seinem Besuch bei dem Professor beinahe zwei Nächte durchgeschrieben, so beschwingt hatte ihn die Diskussion mit der Koryphäe der Geschichtswissenschaft. Zu seinem Ehrgeiz, das Studium mit guten Noten abzuschließen, kam jetzt auch noch der geradezu brennende Wunsch, dem unheimlich netten Dr. Evan zu beweisen, daß er von der Sache etwas verstand und zu originellen Thesen und Schlußfolgerungen in der Lage war. Zwei Mal hatte er ihn noch aufgesucht und große Freude an den Unterhaltungen gefunden. Doch nicht nur um fachliche Themen ging es, er hatte Vertrauen zu dem Mann gefaßt und ihm auch schon das eine oder andere aus seinem Leben erzählt. Genau wie er auch von dem Professor einige persönliche Informationen erhalten hatte. Zum Beispiel war er außerordentlich stolz auf seine Enkelin Hanae, die derzeit in Japan ihr Auslandssemester absolvierte. Er hatte ihm ein Bild von einer ungewöhnlich aparten jungen Frau gezeigt, und manchmal stellte Jens fest, daß es plötzlich vor seinen Augen erschien.

Er verbannte es rigoros, denn derzeit hatte er wahrhaftig andere Sorgen.

Und zwar finanzielle.

Sein Auto war nur mit Mühe über den TÜV gekommen, und die neuen Bremsen hatten ein böses Loch in seine Geldbörse gerissen. Dazu waren noch einige Sammelaktionen fällig gewesen, damit hier eine Weihnachtsfeier, da ein Geschenk, dort ein Umtrunk finanziert werden konnte, und nun saß er mit trübem Blick über seinem Kontoauszug, der eine bedauerlich negative Zahl aufwies.

»Maunzi, wir müssen irgendwie Mäuse machen, sonst wird das Futter knapp!« erklärte er seinem vermeintlichen Katerfreund. Silky hob den Kopf, der friedlich auf einem Kissen geruht hatte, und machte ein bedenkliches Gesicht. Die Zeit für Mäuse war im Augenblick nicht sonderlich günstig. Die kleinen Nager hatten sich rundgefuttert und sich tief in ihre Höhlen zurückgezogen, um die kalte Jahreszeit schlummernd zu verbringen. Eine Katze von Welt war jetzt auf das Wohlwollen der Menschen angewiesen, die ihnen das eine oder andere Döschen öffneten. Wenn das Futter aber knapp wurde, dann war tatsächlich eine Krise in Sicht, die sie selbst auch betraf.

Man mußte vermutlich wieder einmal Abhilfe schaffen. Ob der Professor Hilfe leisten würde? Bei ihm gab es immer noch genug zu essen, hatte Maunzi erzählt. Dort würde sie selbst sicher den einen oder anderen Happen abbekommen, wenn sie es richtig anstellte. Aber ihr Mensch würde Hunger leiden.

Sie beschloß, den Kater zu Rate zu ziehen.

Es hatte schmuddeliges Tauwetter eingesetzt, und sie zog es vor, am Gartenmäuerchen zur Straße hin herumzulungern, statt sich die Pfoten im nassen Garten schmutzig zu machen. Maunzi hatte sich angewöhnt, um die Mittagszeit herum einen kleinen Verdauungsspaziergang zu machen, um sich außer Haus zu halten, falls Jens den Professor besuchte. Er kam tatsächlich nach einer Weile angeschlendert und stupste sie zur Begrüßung mit der Nase an.

»Gibt wieder Probleme, Maunzi. Laß uns unter dem Auto dort Platz nehmen, da ist es immer noch ein bißchen warm.«

Frisch geparkte Fahrzeuge bargen in der kalten Jahreszeit Vorteile, obwohl sie natürlich nicht besonders heimelig rochen. Aber man war nicht nur vor Entdeckung sicher, sondern auch vor Spritzwasser, Kläffern und harten Stiefeln.

Silky trug ihre Bedenken vor, und Maunzi wischte sich nachdenklich mit der Pfote über die Ohren.

»Hungern ist nicht gut. Hatte ich im Sommer eine Weile. Aber wenn's hart kommt, können wir ja tageweise tauschen. Aber sag mal, Menschen fressen doch gar keine Mäuse? Was meint denn Jens überhaupt damit, daß er Mäuse machen muß?«

»Gute Frage. Er hat dabei so ein Blatt Papier betrachtet und dann den kleinen Lederbeutel ausgeleert. Da sind immer so bunte Scheine und runde Metalldinger drin. Viele waren das nicht mehr. Vielleicht nennt er die Mäuse. Aber was das mit Essen zu tun hat, verstehe ich nicht.«

Wie der Zufall es wollte, erhielten die beiden kurz darauf wirklich eine Erklärung. Denn die Straße entlang kamen aus unterschiedlichen Richtungen zwei junge Mädchen, die irgendwelche Zettel und Zeitschriften verteilten. Direkt vor dem Auto trafen die beiden zusammen und begrüßten sich überschwenglich.

»Hi, Iny! Trägst du jetzt den ›Boten‹ aus?«

»Ja, ich brauch' ein paar Mäuse, um Weihnachtsgeschenke zu kaufen. Viel zahlen sie ja nicht, aber ist immer noch besser, als morgens um fünf die Tageszeitung zu verteilen. Und was verteilst du da Spannendes, Tina?«

»Ach, nur eine kleine Sache. Handzettel von so einer Personalagentur. Die suchen Leute, die sich als Weihnachtsmänner verkleiden. Bringt auch nur ein Taschengeld, aber ich kann's brauchen. Mindestens dreimal Pizza ist damit gerettet.«

»Weihnachtsmänner, pfff!«

»Ach, die zahlen ganz gut, je nach dem, wo die auftreten.«

»Na, Tina, dann häng dir doch mal einen weißen Bart um und beschere einen Haufen halbtrunkener Kegelbrüder!«

Tina schnaubte nur.

»Die nehmen dafür nur Männer, aber sie suchen auch Engelchen. Das wär doch was für dich!«

»Ich? Ein Engel?« Iny kicherte. »Ich fürchte, ich hab meinen Heiligenschein schon vor Jahren verlegt. Aber gib mir trotzdem mal einen Zettel.«

Die beiden tauschten noch ein paar menschliche Intimitäten aus, die Silky und Maunzi jedoch nicht weiter verfolgten.

»Die hat auch von Mäusen geredet. Hast du das gehört?« stellte Maunzi fest.

»Ja, offensichtlich kann man als Weihnachtsmann Mäuse machen, also diese bunten Scheine. Die kann man wohl gegen Geschenke und Pizza eintauschen.«

»Dann sollte Jens mal Weihnachtsmann werden. Dann kriegt er wieder etwas zu essen.«

Maunzi linste unter dem Auto hervor und verfolgte den Weg des Mädchens mit den Handzetteln. Sie war sehr nachlässig damit, stellte er fest. Sie klemmte die roten Papiere nur unter die Scheibenwischer der parkenden Autos, und das von Jens war im Augenblick nicht da.

»Du solltest ihm so einen Zettel in die Wohnung bringen, Silky. Sonst weiß er ja gar nicht, daß er damit Mäuse machen kann.«

»Da hast du wohl recht.«

Silky kam unter dem Fahrzeug hervor und schaute nach oben. Da flatterte ein solches rotes Ding an der Scheibe. Sie hüpfte auf die Motorhaube und zerrte mit den Krallen daran. Es riß ein Stückchen ab, aber der Rest blieb eingeklemmt. Sie nahm eine Ecke zwischen die Zähne und zupfte heftig daran, hätte das Blatt auch fast losbekommen, da kam der Besitzer des Autos mit zornsprühenden Augen auf sie zu und klatschte laut in die Hände.

»Runter da, du Satansbraten, runter! Du zerkratzt den ganzen Lack!«

Silky war schon fort und suchte Deckung hinter dem Gartenmäuerchen. Auch Maunzi war verschwunden.

Der Mann untersuchte pingelig die Motorhaube, murmelte irgendwelche bösen Worte vor sich hin, fand aber keine Kratzer, denn der Lack hielt natürlich weit mehr aus, als ein paar Katzentatzen. Unbefriedigt knallte er die Autotür zu und mit einem wütenden Aufheulen des Motors fuhr er davon.

Der rote Zettel war auf den Bürgersteig geflattert.

Maunzi machte einen Satz darauf, bevor er in der Pfütze landete, und Silky nahm schließlich das reichlich ramponierte Stück Papier zwischen die Zähne und trug es mit stolz geschwellter Brust wie eine Prachtmaus zur Katzenklappe.

Jens saß an seinem Schreibtisch und nagte an einem Bleistift. Das sah bedenklich aus, fand sie, denn Menschen fraßen normalerweise kein Holz. Der Hunger mußte schon übermächtig in ihm wüten. Mit einem Satz war sie also bei ihm, ließ das feuchte Knäuel neben ihn auf die Notizen fallen und maunzte auffordernd.

»Du liebes bißchen, was hast du denn da gejagt?« kommentierte er den Fang mit einem kleinen Lächeln und streichelte ihr über den Kopf.

»Mauauauau!«

»Wichtig? Bestimmt. Aber auch ziemlich schmuddelig, Süßer. Wir wollen es in den Müll werfen!«

»Ksss!« fauchte Silky, als er Anstalten machte, das Papier unbeachtet zu zerknüllen.

»Nein? Na, dann spiel noch ein bißchen damit. Ist schließlich deine Beute!«

»Mirrips!«

»Auch nicht?«

Silky donnerte ihm den Kopf an den Arm.

»Ich soll mitspielen, na dann ...«

Er griff danach, und sie jaulte auf. Mißtrauisch hob Jens das schmuddelige Ding mit zwei Fingern hoch.

»Mhm, was ist das eigentlich?«

»Brrimms!«

Endlich hatte ihr Mensch verstanden und strich das Blatt glatt. Mit großer Befriedigung beobachtete Silky, wie sich seine Augen vor Überraschung weiteten.

»Na so ein Zufall! Mausebärchen, das ist ja die Lösung des Problems!« rief er aus und kraulte sie noch einmal an den Ohren. »Ich geb den Weihnachtsmann, und die Kohle rollt!«

Verdammt, das war schief gelaufen. Er sollte Mäuse machen, und nicht Kohle!

Silky sprang beleidigt vom Schreibtisch und rollte sich schmollend in der Sofaecke zusammen. Jens telefonierte währenddessen mit der angegebenen Agentur und machte gleich einen Termin aus.

16. Kapitel
Der doppelte Weihnachtsmann

Bei Dr. Evan klingelte zur selben Zeit das Telefon, und Maunzi wurde Zeuge, wie der Professor mit leicht entnervter Miene einer hektischen Damenstimme lauschte, die ihn zu etwas zu überreden versuchte, das er nicht unbedingt tun wollte.

»Nein, Helga, nicht schon wieder. Ja, ja, ich weiß, ich habe es vor drei Jahren gemacht, aber …«

»Nein, ich vergrabe mich nicht in meiner Höhle, ich bin nur nicht in Stimmung …«

»Aber kann das nicht dein Mann …«

»Ich verstehe, aber die Chorleiterin …«

»Himmel, auf das Geld kommt es mir doch nicht an!«

»Uh, Helga …«

Schließlich, mit dem Ausdruck tiefster Resignation knurrte er: »Also gut, am dritten Advent.«

Überschwengliches quoll aus dem Hörer, dann legte er langsam und sorgfältig auf.

»Scharade!«

»Mirrip?«

Er erklärte es der Katze, die sich neben dem Telefon niedergelassen hatte und ihn mit großen, fragenden Augen ansah.

»Weihnachtsmann soll ich spielen. Für den Gospelchor. Dorothee hat damals dort mitgesungen, und ich habe dann und wann bei ihrer Feier den Affen gemacht. Gott, ja – es war ganz lustig. Aber ich bin inzwischen zu alt für solche Scherze.«

Er streichelte den Kater, der sich schnurrend an ihn drückte.

»Helga gibt nie auf, weißt du. Das ist eine Frau, die einen so lange windelweich redet, bis man das tut, was sie will. Na gut, also werde ich mir den weißen Bart umhängen und den roten Mantel überziehen, und mit dummen Witzchen Geschenke aus dem Sack zaubern. Vielleicht sollte ich dich mit hineinstecken? Katze im Sack hatten sie bestimmt noch nicht!«

»Kssss!« fauchte Maunzi und blitzte den Professor empört an.

»Entschuldigung, das war ein Scherz! Ich werde dir aber vom Büffet ein paar Häppchen mitbringen. Das muß man ihnen lassen, das Essen dort ist immer besonders gut!«

Beruhigt zockelte Maunzi also zu seinem Körbchen und dachte an seine Freundin Silky. Wenn der Weihnachtsmann nicht nur Mäuse brachte, sondern sogar Leckerchen, dann hatten sie für Jens genau das Richtige getan.

Drei Tage später nahm das Schicksal seinen Lauf, und diesmal hatten die beiden Katzen wirklich nichts damit zu tun, auch wenn die Idee von ihnen hätte stammen können. Es war ein ganz ausschließlich menschlicher Einfall, den die beiden Männer da hatten.

Helga hatte das rote Kostüm bei Dr. Evan abgeliefert, ein Bote der Personalagentur hatte ein identisch aussehendes Gewand bei Jens vorbeigebracht. Beide Herren hüllten sich also am Sonntag nachmittag – es war der dritte Advent – in das traditionelle Bescherungs-Outfit, warfen sich die Jutesäcke mit den Geschenken über und stapften zu ihren Fahrzeugen. Zufällig parkten sie an diesem Tag genau hintereinander, und als sie einander ansichtig wurden, stutzten beide Weihnachtsmänner.

»Professor?« keuchte Jens und versuchte, das Lachen hinter seinem Wallebart zu verstecken.

»Jens?«

Purer Unglauben klang hinter dem professoralen Gesichtsschmuck hervor.

»In Person. Himmel, sind Sie auch knapp bei Kasse oder hat die Familie Sie engagiert?«

Dr. Evan, der ziemlich mißmutig das Haus verlassen hatte, mußte auf die spontane Frage nach seinem Kassenstand schallend auflachen.

»Nein, mein Junge, ich bin das Opfer der nervtötenden Überredungsgabe einer unerbittlichen Dame geworden. Aber bei Ihnen ist wohl Ebbe im Geldbeutel, was?«

»Na ja ... Ja, so ein bißchen. Darum hab ich mich beworben, und nun muß ich in einen Kindergarten. Nicht so meine erste Wahl, den kleinen Quackbolzen die Leviten zu lesen, aber was bleibt einem Hungerleider übrig.«

»Erzählen Sie denen ein hübsches Märchen, und sie sind zufrieden.«

»Glauben Sie? Machen Sie das auch?«

»Die Damen vom Gospelchor erwarten coole Sprüche. Über das Märchenalter sind die leider schon hinaus.«

»Ihnen wird schon was einfallen.«

»Hoffentlich, denn über das Alter bin ich eigentlich schon hinaus. Ich bin mehr der Märchenonkel.«

Jens setzte seinen Sack ab und musterte den Professor.

»Mhm!« sagte er.

Der Professor setzte ebenfalls seinen Sack ab und betrachtete sein Gegenüber.

»Mhm!« meinte auch er.

»Ziemlich ähnlicher Mantel, den wir da tragen!«

»Und die Maske ist auch haargenau dieselbe.«

»Coole Sprüche hab ich meist 'ne Menge drauf.«

»Märchen kenne ich eine ganze Menge.«

Der Professor nahm seinen Sack und stellte ihn Jens vor die Füße.

»Geniale Idee!« erklärte der und übergab den seinen.

»Das Essen beim Chor ist übrigens ausgezeichnet, und sie zahlen hundert Euro.«

»Mann, stark! Bei den Kiddies gibt's nur Kuchen und Kakao und sechzig Mäuse. Ich geb Ihnen die vierzig nachher zurück.«

»Blödsinn. Geben Sie mir die Adresse des Kindergartens.«

Sie tauschten die Adressen aus, und stiegen in ihre Autos.

Silky, die auf ihrem Lieblingsast saß und die Szene beobachtete, stand vor Staunen das Mäulchen offen.

Der Professor hatte keine Schwierigkeiten, als er bei dem Kindergarten eintraf. Die Leiterin hatte lediglich mit der Agentur telefoniert, die ihr zugesagt hatten, ein passender Weihnachtsmann werde pünktlich um drei vorbeikommen. Sie war sogar richtiggehend erfreut, einen höflichen älteren Herren empfangen zu dürfen, der nicht nur anbot, den Spickzettel mit den guten und bösen Taten der Kinder abzulesen, sondern sogar noch bereit war, ihnen eine hübsche Weihnachtsgeschichte zu erzählen.

Jens hatte zunächst mit der Enttäuschung der Chorleiterin zu kämpfen, die sich auf ein Wiedersehen mit Dr. Evan gefreut hatte, war aber bereit, die Ausrede zu akzeptieren, der Professor müsse ganz kurzfristig einer familiären Verpflichtung nachkommen und habe ihn, seinen Nachbarn, gebeten, die Rolle zu übernehmen. Als Jens durch den Türspalt lugte, um sich einen Überblick über die illustre Damengesellschaft zu machen, stellte er mit großem Vergnügen fest, es hatten sich nicht nur grauhaarige Sängerinnen hier versammelt, sondern es waren auch einige recht ansehnliche Jungkünstlerinnen darunter. Die Stimmung war gleichfalls nicht als besonders besinnlich zu bezeichnen, sondern hatte bereits den Pegel eines fröhlich gackernden Hühnerhofs erreicht. Aus den Lautsprechern einer Anlage klang ziemlich schräge Weihnachts-Popmusik, mehrere Sektflaschen waren geöffnet worden und ausgelassenes Gegickel und Gekicher klang zu ihm herüber. Ja, coole Sprüche waren angesagt, aber plötzlich schlich sich eine weit bessere Idee in Jens Hinterkopf.

Zum erstenmal war er seiner Mutter für ihre absurden Weihnachtsgeschenke dankbar.

»Darf ich mal einen Blick auf Ihre CDs werfen?« fragte er die Chorleiterin.

»Sicher. Aber was haben Sie vor?«

Er verriet es ihr, sie riß die Augen weit auf und brach dann in hemmungsloses Lachen aus.

»Das wird die Show!« stimmte sie dann zu.

»Fünfzig Mäuse drauf?«

»Klar!«

17. Kapitel
Märchenstunde und Santa-Strip

Mucksmäuschenstill saßen die Kinder um den behäbigen Weihnachtsmann herum und lauschten gebannt der Geschichte, die er ihnen erzählte. Sie handelte von einer wunderbaren Katze, die wie eine Sternschnuppe vom Himmel gefallen war. Er berichtete, wie das kleine Mädchen, das sich ihrer annahm, herausfand, daß diese Katze Wünsche erfüllen konnte, und wie böse Feinde versuchten, diese Fähigkeit für sich auszunutzen. So atemlos verfolgten die kleinen Zuhörer die fellsträubenden Abenteuer von Sternchen, der Katze, und Bettina, ihrer Freundin, daß manche Tasse Kakao darüber kalt wurde und der Kuchen auf halben Weg zum Mund in der Hand zerkrümelte. Selbst die Eltern und Kindergärtnerinnen waren gefangen von Dr. Evans tiefer, warmer Stimme, die schließlich von großer Liebe und Vertrauen zu berichten wußte, als der letzte Wunsch in Erfüllung ging.

Von mucksmäuschenstill konnte im Clubheim der Gospelsängerinnen dagegen keine Rede sein. Donnernde Beats dröhnten aus den Lautsprechern, die kaum das Johlen und Kreischen der Frauen übertönten, als Jens auf den Tisch stieg und einen ziemlich gekonnten Hiphop aufs Parkett legte. Das er dabei schon mal den Gürtel des roten Mantel lockerte, gab zu Spekulationen Anlaß, die schon beim zweiten Song zu eindeutigen Forderungen wurde.

»Mantel aus! Mantel aus!« verlangten mehr und mehr Stimmen. Als ob er sich ein wenig ziere, öffnete Jens das pelzverbrämte Revers ein Stück und ließ ein wenig von seiner muskulösen Brust sehen, schloß das Gewand aber schamhaft schnell wieder. Er hatte einen Heidenspaß bei der Vorführung. Er lockte und foppte sein Publikum auf die frechste Art und Weise. Als erstes entledigte er sich mit dramatischen Gesten schließlich der Handschuhe, dann ließ er einen Ärmel ein wenig von der Schulter gleiten, zog ihn aber auch gleich wieder hinauf. Er zwinkerte der Chorleiterin zu, die als nächstes ein laszives Musikstück wählte, und bei dem opferte er die Stiefel. Die roten, mit weißen Bommelchen versehenen Socken riefen Beifallstürme hervor, als er verführerisch die Hosenbeine hochzog und mit den Zehen wackelte.

»Mantel aus! Mantel aus!« tobte die Menge, und wieder ließ er tänzerisch hier ein wenig Brust, da eine Schulter, dann ein wenig Rücken sehen. Der schwarze Gürtel flog schließlich in Richtung Stiefel, und nur mit einer Hand raffte er den Mantel zusammen, um sich darin noch ein paar Takte lang zu räkeln. Als die Musik ihren Höhepunkt erreichte, ließ er mit großer Geste das Kleidungsstück von dem Schultern geleiten und präsentierte seinen wirklich ansehnlichen bloßen Oberkörper den juchzenden Damen. Er spannte den Bizeps an und zeigte einen formidablen Waschbrettbauch, scheute sich nicht, Rücken- und Brustmuskulatur spielen zu lassen und grinste dabei hinter seinem langen, weißen Bart vor sich hin. Hemmungslose weibliche Bewunderung tat nun mal richtig gut. Bei dem vierten, nun sehr gefühlvollen Song begann er mit beton langsamen Bewegungen auch die weite rote Hose Stückchen für Stückchen über die Hüften gleiten zu lassen, was immer wieder Ohhhs und Ahhhs hervorlockte. Einen wahren Jubelausbruch erzielten schließlich die Boxershorts mit dem grinsenden Santa Claus hinten und dem rotnasigen Elch vorne. Außerdem hatte er wohlgeformte Beine zu zeigen, was der aufgepeitschten Menge jedoch nicht ausreichte. Auch die letzten Hüllen sollten fallen. Er weigerte sich strikt, die rote Zipfelmütze abzunehmen, aber er riß sich schließlich den Wallebart vom Kinn und hielt ihn als letztes schützendes Feigenblatt vor seine kostbare Manneszier, während der grinsend Santa Claus nebst Elch zu dem Mantel hinsegelte. Die Damen spendeten frenetischen Applaus und kommentierten den überaus ansprechenden, gut trainierten Gluteus Maximus (gemeinhin auch als Knackpo bekannt) mit großer Sachkenntnis. Er ließ ihnen den Spaß, bis die letzten Noten verklungen waren, sprang dann geschmeidig vom Tisch und wickelte sich hurtig, bevor vorwitzige weiblich Finger ihm um den Bart gehen konnten, in seinen Mantel. Die Chorleiterin gab ihm Rückendeckung, führte ihn hinaus und brachte ihm auch den Großteil seiner Kleider in den Nebenraum.

»Sie waren einsame Spitze, Jens. Ich muß sagen, einen solch heißen Santa-Strip hätte unser lieber Maarten denn nun wirklich nicht hinbekommen.«

»Es hat mir Spaß gemacht.«

»Hat man gemerkt. Aber jetzt ziehen Sie sich rasch an, damit Sie sich am Büfett stärken können. Harte Arbeit wird hier gut belohnt!«

»Irgendwie fehlen noch meine Stiefel!« stellte Jens fest, nachdem er sich wieder in korrekter Bedeckung befand.

»Lassen Sie die noch eine Weile drüben stehen, Mr. Santa. Hier Ihre Gage. Wohlverdient!«

Er nahm dankbar den Umschlag an sich und steckte ihn in die Hosentasche.

Das Büffet war so reichhaltig wie versprochen, und als Jens zwei Stunden später meinte, er müsse doch jetzt endlich wieder zu seiner vereinsamten Katze zurückkehren, da waren bereits zwei Matronen dabei, ihm die Reste in Alufolie zu wickeln.

»Man sah ja die Rippen einzeln bei Ihnen, da können Sie sich ruhig noch was drauffuttern. Für die Katze bleibt auch ein Leckerchen. Hier, der Fisch zum Beispiel. Und die Hühnerbeinchen!«

Der Sack, in dem er zuvor die Geschenke transportiert hatte, war fast genauso prall gefüllt, wie bei seinem Eintritt, als er sich schließlich zum Aufbruch bereit machte. Die größte Überraschung aber erwartete ihn dann doch, als er in die Stiefel fahren wollte. In die hatten die begeisterten Damen nämlich das Trinkgeld geworfen.

Erschöpft, aber außerordentlich gut gelaunt traf er zu Hause ein.

»Alter Mausebär, wir sind reich. Und wir haben Futter bis Neujahr!« rief er, als seine Katze, vom Gepolter geweckt, vom Sofa sprang.

Silky konnte nur staunen. Sie hatte Jens bisher als durchaus erträglichen Menschen von mäßiger Begabung eingestuft, der der Anleitung und Führung durch höhere Wesen bedurfte. Daß er in der Lage war, einen ganzen Sack voll Beute zu machen, hatte sie ihm eigentlich nicht zugetraut. Doch als sie jetzt mit Argusaugen beobachtete, was er da an Päckchen und Beuteln hervorzauberte und auf dem Küchentisch ausbreitete, machte sich wahre Bewunderung in ihr breit. Ja, man konnte sogar sagen, ihr rann das eine oder andere Sabbertröpfchen aus dem Mäulchen, als sie all die Köstlichkeiten beschnupperte, die er da so auspackte. Natürlich ließ er sie von diesem und jenen auch gerne kosten.

Die mageren Zeiten waren also vollständig vorbei.

Zum Schluß zählte er mit einem immer breiter werdenden Grinsen die bunten Scheinchen.

»Mäuse, Maunzi. Kohle. Lieber, heiliger Nikolaus, und das alles nur, weil ich meine nackte Haut zu Markte getragen habe. Eine einträgliche Sache, wenn man so seinen göttergleichen Körper zur Schau stellt. Knickerig waren die Damen wirklich nicht.«

Also richtig, stellte Silky fest, die Scheine, das waren die Mäuse der Menschen, und der Menge nach zu urteilen, hatte Jens eine gute Jagd gehabt. Aber wieso er dafür seine Haut zu Markte getragen hatte, das verstand sie nicht.

Es war ihr aber auch egal, die Verdauung forderte eine Runde tiefen, sorgenfreien Schlummers.

Maunzi empfing den Professor wie üblich mit einem Um-die-Beine-Streichen und erhielt ein vergnügtes Tätscheln dafür. Sein Mensch war sehr viel besser gelaunt als zuvor, und er hatte auch eine Tüte dabei, die er erst einmal in der Küche abstellte.

»Eine solch aufmerksame und konzentrierte Zuhörerschaft wünscht sich jeder Dozent!« erklärte er dem Kater, der sich neben die Tüte setzte und schon einmal die Nase hineinschob. »Ja, für dich ist auch etwas dabei, Schleckermaul!« Er zog ein Plastikschälchen hervor und nahm den Deckel ab. »Ich mache mir ja eigentlich nichts daraus, aber dir wird das bestimmt gefallen!«

»Mau!«

Es war der kürzeste aller zustimmenden Kommentare, dann versank die rosa Nase in der Schlagsahne und nur noch ein leises Schmatzen war zu hören.

In der Zwischenzeit legte Dr. Evan das Kostüm ab und schaute dann neugierig durch das Fenster zum Nachbarhaus hin. Bei Jens war noch alles dunkel, sein Auto hatte er auch noch nicht gesehen. Er hoffte, der Junge hätte einen ähnlichen Spaß gehabt wie er. Da er aber noch nicht zurück war, kochte er sich erst einmal einen Kaffee und verspeiste ein vorzügliches Stück Sachertorte, während diese Katze sich den sahnebespritzten Bart putzte und sich dann mit einem wohligen Rülpser im Korb zusammenrollte. Eine halbe Stunde später klingelte das Telefon.

»Oh, Helga, ja ...«

»Ja, ich bin ein Lump. Du hast ja so recht, aber ...«

»Was? Was hat er gemacht?«

Maunzi spitzte die Ohren und schielte zu seinem Menschen hoch. Der starrte völlig konsterniert auf den Hörer und fragte noch einmal fassungslos: »Santa-Strip? Nur noch den Bart vor – ähm ...?

Und dann fing der Professor so lange und so laut an zu lachen, daß es Maunzi nicht mehr im Korb hielt. Er sprang auf seinen Schoß und schnurrte vor lauter Vergnügen mit.

18. Kapitel
Entlarvende Weihnachten

Die nächste Woche war bei dem Professor mit lebhaften Vorbereitungen ausgefüllt. Er hatte einen kleinen Tannenbaum angeschleppt, was Maunzi äußerst vergnügt stimmte, denn wenn er auch nicht besonders gerne draußen herumstreifte, so war es ihm doch sehr recht, wenn der Wald sozusagen zu ihm kam. Das Bäumchen stand neben seinem Korb und wurde auch noch mit so netten Silberfäden behängt und kleinen, glitzernden Kugeln, nach denen man haschen durfte. Na ja – durfte?

Doch die Idylle wurde ganz urplötzlich getrübt, als der Professor ihm mit fröhlicher Stimme erklärte, Hanae würde in zwei Tagen zu Besuch kommen. Das warf Probleme auf.

Große Probleme, die Maunzi nicht alleine lösen konnte.

Er mußte sich mit Silky beraten.

Um die Mittagszeit sah er sie, in leichtem Schneeregen, zum Gartenhäuschen schlendern, wo er ihr eine dringende Marke hinterlassen hatte. Er maunzte seinen Menschen befehlend an und wurde aus der Tür gelassen.

»Na, Kissenpupser, hast du dein weiches Lager im Stich gelassen?« spöttelte Silky, als er näher kam.

»Besser in Kissen gepupst als die Pfoten im Matsch. Pfui, ist das ein widerliches Wetter.«

»Das finden nur so verweichlichte Heizungsschmuser wie

du. Aber es muß ja wirklich etwas Entsetzliches passiert sein, daß du dich hierherbequemt hast.«

»Ja, es wird etwas Entsetzliches passieren. Deine Hanae kommt zurück.«

»Mäusekacke!«

»Richtig, dachte ich auch.«

»Wir müssen wieder tauschen.«

»Werden wir wohl.«

Maunzi versank in brütendes Schweigen. Silky nicht minder. Beiden gefiel die Vorstellung nicht besonders. Sie hatten sich auf so zufriedenstellende Weise mit ihren Menschen arrangiert, daß ihnen ein Wechsel nicht willkommen war.

»Ich mag den Jens!« murmelte Silky. »Aber Hanae ist so was wie eine Mutter gewesen. Man hat Verpflichtungen.«

»Mhm. Ich mag den Professor. Er ist noch lieber als die alte Frau, die fortgegangen ist. Und – er braucht mich.«

Silky nickte. Ja, auch das war ein Aspekt, den es zu bedenken gab. Ihre Menschen brauchten sie – Jens eine fröhliche Spielgefährtin und der Professor einen Schmusekater.

»Glaubst du, sie merkt es gleich?« überlegte Maunzi laut.

»Hanae? Ich weiß nicht. Das Gedächtnis der Menschen ist nicht immer so ganz gut. Sie ist ja schon vor drei Vollmonden fortgegangen. Nur – sie hat scharfe Augen, viel schärfer als der alte Mann.«

»Was wird sie tun, wenn sie es entdeckt?«

»Vielleicht dich rauswerfen. Oder ins Tierheim bringen?«

»Gütige Bastet, nein.«

Entsetzt sah Maunzi seine trübselig gestimmte Freundin an.

»Ach nein, Tierheim wahrscheinlich nicht. Sie mag es nicht. Also eher rauswerfen. Aber das wäre nicht ganz so schlimm. Dann tauschen wir eben. Weißt ja, wo die Katzenklappe ist.«

»Also lassen wir es darauf ankommen?«

»Ich denke schon.«

In bester Laune waren die beiden nicht, als sie ihrer Wege gingen, und sowohl Jens als auch der Professor machten sich leichte Sorgen um den Gesundheitszustand ihrer Katzen, was dazu führte, daß ihnen besondere Leckerbissen gereicht wurden.

Sie naschten mit teuflisch schlechtem Gewissen davon.

Am Vorweihnachtstag fuhr also Dr. Evan mit seinem Auto vor, und ihm entstieg schwatzend und lachend die junge Frau, die Maunzi auf vielen Fotos schon gesehen hatte. Hanae! Sie brachte einen Hauch fremder Düfte mit in die Wohnung und eine wunderbar strahlende Aura. Maunzi mochte sie sofort, aber er verhielt sich überaus vorsichtig, denn ihre Augen schienen wirklich besonders scharf zu sein.

»Ja, und wo versteckt sich nun meine süße Silky, O-Sensei?«

»Sie liegt üblicherweise im Korb am Fenster!«

»Der ist leer. Silky, süße Silky!«

Ihre Stimme lockte zärtlich, und Maunzi wagte sich ganz vorsichtig hinter dem Weihnachtsbaum hervor. Der Professor war in der Küche verschwunden, und er war alleine mit ihr.

»Nanu, erkennst du mich nicht mehr, Kleine?« fragte sie, ging anmutig in die Knie und streckte ihm die Hand entgegen. Er machte seinen Hals lang und stupste mit seiner Nase dagegen. Sie roch gut.

»Na, siehst du. So fremd bin ich doch gar nicht. Ich habe

dich vermißt, wirklich. Komm her, meine Hübsche, ich will dich doch nur ein bißchen kraulen.«

Maunzi trat vorsichtig vor. Es hatte keinen Sinn, sich scheu zu zeigen. Und dann hatte – schwupps – mit einem Griff diese Frau ihn auf den Arm genommen, bis seine Augen in Höhe ihres Gesichtes waren.

Schöne Augen. Abgrundtief dunkle, überaus wissende Augen. Sie senkten sich in die seinen, ohne zu blinzeln.

Maunzi drehte den Kopf weg.

»So, so. Du bist nicht Silky!« flüsterte die Frau in sein betreten zuckendes Ohr. »Wer bist du denn? Und wo ist meine süße Silky?«

»Mirrr ...«

»Du weißt ganz genau, wovon ich spreche!«

Maunzi zappelte und wollte ihrem Griff entkommen. Sie ließ ihn auf den Boden gleiten und musterte ihn streng von oben.

»Ein Kater, schau an! Im gleichen Mantel wie meine Silky.«

Die Tür ging auf, und der Professor trat mit einer Flasche und zwei Gläsern in der Hand ein.

»Einen Willkommensschluck, meine hübsche Enkelin? Nun, hat dich deine Silky wiedererkannt?«

Maunzi ging rückwärts von ihr fort und drückte sich angstvoll in eine Ecke.

»Sie fremdelt ein bißchen, ich rieche wohl noch nach Flugzeug. Hat sie sich denn gut eingelebt bei dir?«

»Anfangs war sie ziemlich wild, und ich habe mir manche Nacht Sorgen gemacht, aber seit es kalt geworden ist, bleibt sie auch gerne drin. Doch, ja, sie ist ein sehr, sehr liebevolles

Kätzchen. Stell dir vor, seit einiger Zeit schläft sie sogar bei mir im Bett.«

»Aha. Gibt es eigentlich noch andere Katzen hier in der Gegend?«

»Ach ja, manchmal streunen ein paar durch den Garten. Eine Schwarze mit weißen Pfoten und eine weiße mit roten und schwarzen Flecken habe ich schon mehrmals gesehen. Und der junge Mann gegenüber hat auch eine. Aber ich weiß nicht, welche das ist. Komisch, ich habe ganz vergessen, ihn zu fragen.«

»Der Student, der dich so geärgert hat?«

»Er ist ganz in Ordnung, Hanae. Wir haben unsere Zwistigkeiten beigelegt, und – ach, da muß ich dir was erzählen. Letzten Sonntag hat er mit tatsächlich aus der Patsche geholfen.«

Bei einem Glas Sekt ließ sich also Hanae die Geschichte des doppelten Weihnachtsmannes erzählen und bestaunte dann unter hilflosem Gekicher die Fotos, die die Chordamen von ihrem Fest gemacht hatten.

»Nein, O-Sensei, das hättest du wirklich nicht bringen können. Meine Güte, was für ein hübscher Hintern!«

»Als ich fünfzig Jahre jünger war ...«

»Glaube ich dir, glaube ich dir. Aber du bist jetzt ein gesetzter, würdiger Herr, und das hat auch seine Vorteile.«

Maunzi beobachtete die beiden mit ängstlichem Mißtrauen. Diese Hanae hatte ihn erkannt, aber sie wollte ihn anscheinend weder verraten noch sofort aus dem Haus werfen. Was hatte sie aber vor? Derzeit ignorierte sie ihn ganz einfach, während er sich so weit wie möglich unsichtbar machte.

Silky hatte ebenfalls Hanaes Eintreffen beobachtet und wartete nun besorgt darauf, was geschehen würde. Einerseits hatte ein schmerzliches Sehnen sie erfaßt, als sie die Frau wiedersah, die sie einst aus dem Tierheim in ihr Zuhause geholt hatte, ihr beinahe die Mutter ersetzt und sie mit dem freien Katzenleben vertraut gemacht hatte. Andererseits mußte er auch an Jens und Maunzi denken.

Es tat sich lange Zeit nichts, weder wurde der Kater mit wütenden Worten oder gar Fußtritten aus dem Haus gejagt, noch gab es Anzeichen dafür, daß man hektisch nach ihr Ausschau hielt. Ob Maunzi es geschafft hatte, sie zu täuschen?

Nachdem alles so ruhig war, beschloß Silky, doch noch einmal ihre übliche Runde zu drehen, um dann zur Abendmahlzeit bei Jens vorstellig zu werden. Den Abend gedachte sie bei ihrem Menschen zu verbringen, der wieder von einer unerwarteten trüben Stimmung heimgesucht wurde. Wahrscheinlich lag es an der frühen Dämmerung, die an diesen dunkelsten Tagen des Jahres selbst gestandene Katzen müde und antriebslos machen konnte.

Sie hatte soeben ihren Gang durch den Nachbargarten mit dem Fischteich beende und nahm Kurs auf die Katzenklappe, als sie eine wohlvertraute Stimme leise rufen hörte: »Silky, süße Silky!«

Es war mehr ein Reflex als bewußtes Handeln. Ihre Pfoten schienen sich wie von selbst zu bewegen und ihre Richtung zu ändern. Da am Zaun stand Hanae. Silky sauste über die feuchte Wiese, sprang auf den Zaunpfahl, setzte sich auf und schnurrte, was die Lungen hergaben.

»Silky, meine süße, kleine Silky, da bist du ja! Geht es dir gut? Hast du genug zu essen bekommen? Lebst du jetzt draußen, meine wilde Räuberin?«

Und schon befand sie sich in den Armen ihrer Frau und rieb ihren Kopf an ihrem Kinn, noch immer schnurrend.

Ein Lachen schien in der Kehle aufzusteigen, als sie gurrte: »Na, also Futter hast du wohl genug bekommen, du bist ein wenig schwerer geworden, als ich dich in Erinnerung hatte.«

»Miirps?«

»Doch, doch! Leugne es nicht. Hast du dir ein neues Heim ausgesucht?«

»Mau!«

»So, so. Wo wohnst du, wenn ich fragen darf?«

Noch einmal rieb Silky sich an ihrem Kinn und drückte ihre rosige Nase auf Hanaes Wange. Dann zappelte sie sich frei und lief auf Jens Wohnung zu, wo sie demonstrativ mit der Katzentür klapperte.

»Das war ja wohl ein eindeutiger Hinweis!« murmelte Hanae und wanderte gedankenversunken zu ihrem Großvater zurück. Den verwunderte an diesem Abend das gesteigerte Interesse seiner Enkelin an seiner Beziehung zu dem jungen Studenten, und noch mehr verdutzte ihn ihr unerwarteter Vorschlag. Doch als er ihn kurz bedachte, schien er ihm sehr einleuchtend.

Bei Jens klingelte am Morgen des Heiligen Abends das Telefon, und mit einiger Überraschung hörte er sich die Einladung an, die der Professor aussprach.

»Na ja, ich bin – mhm – tatsächlich ein bißchen alleine. Ich meine, es macht ja nichts, für mich ist Weihnachten eben ein Tag wie jeder andere ...«

»Ja, ich weiß, es sollte nicht so sein ... Ups, das ist aber nett von Ihnen, wirklich. Aber ich kann doch nicht ...«

»Also, wenn Sie darauf bestehen ...«

»Katze mitbringen? Katze? Ich weiß nicht, ob ...«

»Na gut, wenn Sie meinen. Dann um halb Fünf.«

Um vier Uhr stand Jens frisch rasiert und mit leicht glasigem Blick vor seinem Kleiderschrank und murmelte wirres Zeug, wie Silky fand.

»Soll ich eine Krawatte umbinden? Ich glaube, das gehört sich so.«

Drei bunte Stricke wickelte er nacheinander um seinen Hals, was seine Beobachterin auf der Wäschetruhe ebenso absurd fand, wie sein Gemurmel. Irgendwann riß er sich aber dann doch das Hemd vom Leib und entschied sich für einen Rollkragenpulli, über den er ein Jackett zog. Dann schnappte er mit einer schnellen Bewegung nach ihr und steckte sie in einen Deckelkorb. Mit einem ohrenbetäubenden Protestgeheul tat Silky ihren Unwillen darob kund und kratzte wild am Deckel.

»Vergiß es, Mauz, wir besuchen unsere Nachbarn, und du bist mit eingeladen. Also halt die Klappe und benimm dich!«

»Juauauaulll!«

»Uh!«

In einer Hand den Blumenstrauß und die Flasche Wein, in der anderen den heulenden Korb, trat Jens aus dem Haus, um seinen Besuch zu machen.

Er brauchte nicht zu klingeln, das Gejaule und Kreischen ersetzten jedes andere akustische Signal. Die Tür wurde ihm aufgetan, und er stand einem lächelnden Geschöpf gegenüber, das er nicht nur an Weihnachten ohne jedes Zögern schlicht als Engel bezeichnet hätte.

Das Kreischen verstummte abrupt, als sie sprach.

»Hallo Jens. Ich bin Hanae, Dr. Evans Enkelin. Komm herein.«

»Ich – äh ...«

Er war so verwirrt, daß er ihr statt der Blumen den Katzenkorb reichte, den sie mit einem Zwinkern entgegennahm.

»Hübsches Mitbringsel. Aber nun tritt endlich ein, wir beißen doch nicht.«

Er folgte ihr und war dann wieder in der Lage, den Professor einigermaßen gefaßt zu begrüßen.

»Wie schön, daß Sie unsere Einladung angenommen haben, Jens. Unsere Familie ist so weit verstreut, da sind nur wir zwei hier übrig geblieben. Oder besser – wir drei. Ich bin noch nie dazu gekommen, Ihnen unsere Katze vorzustellen, nicht wahr?«

»Nein, sie war nie da, wenn ich bei Ihnen war. Ich hoffe nur, sie verträgt sich mir meinem Maunzi!«

»Maunzi, so heißt das Tierchen, das hier so laut schnurrt?«

»Ja, der Kater ist mir im Herbst zugelaufen. Hat der alten Dame gehört, die vorher in dem Haus gewohnt hat.«

Hanae öffnet den Korb, und zwei grüne Augen starrten sie ein bißchen schuldbewußt an.

»Steig aus!« flüsterte sie, und Silky trat zögernd von einer Pfote auf die andere.

»Der Kater sieht ja ganz genau so aus wie deine Silky!« staunte der Professor und setzte die Brille auf.

»Tja, meine Herren, und wenn ihr ein klein wenig genauer hinschauen würdet, dann könnten ihr feststellen, daß dieser

Kater eine Katze ist. Man erkennt es – unter anderem – am Gang. Kätzinnen tänzeln ein wenig mit den Hüften – etwa so!« Hanae machte es vor, und Jens starrte atemlos auf ihre schwingenden Röcke. »Kater marschieren dagegen ein bißchen o-beinig, was ich euch nicht vormachen werde. Das darf der in diesem Haushalt lebende Vertreter der Gattung Katze. Komm hinter dem ollen Goethe hervor, Maunzi, du bist entdeckt!«

Zwei Ohrenspitzen erschienen hinter »Werthers Leiden«, dann eine rosige Nase unter einem etwas schiefen Mittelscheitel.

»Mau!« rief Silky, und er machte sich an den Abstieg.

»Maunzi?« fragte Jens. »Maunzi?«

Der Kater drückte sich an sein Bein und marschierte dann schnurstracks auf Silky zu, um ihr einen Nasenstups zu geben.

Dann setzten sie sich beide nebeneinander unter den Weihnachtsbaum und sahen ihre Menschen mit offensichtlich bänglicher Erwartung an.

»Meine Silky ist eine unabhängige Jägerin, die sich mehr aus Raufen als aus Schmusen macht«, erklärte Hanae und nickte Jens zu.

»Maunzi – hm, ja, er war mir anfangs fast ein bißchen zu lästig, weil er nie nach draußen wollte und so versessen aufs Schmusen war.«

»Ab wann hat sich das geändert, O-Sensei?«

»Ungefähr Ende November. Ganz sicher bin ich mir, daß am ersten Advent ein Schmusetiger bei mir war. Er hat mich über einige sehr bittere Stunden der Erinnerung hinweggetröstet.«

»Ja, ungefähr Ende November. Am ersten Advent hat mich eine ziemlich forsche Katze ebenfalls über ein paar trübe Stunden hinweggerettet«, ergänzte Jens.

»Dann können wir voraussetzen, daß diese Rabaukenbande, die da vor uns sitzt, sich der vertauschten Identität wissentlich und aus freiem Willen schuldig gemacht hat«, stellte Hanae kühl fest.

»So sieht es aus«, knurrte der Professor.

»Das können wir wohl annehmen!« sagte Jens und funkelte Maunzi an.

Silky begann, sich hektisch den peitschenden Schwanz zu putzen, und Maunzi starrte auf seine Pfoten.

»Und damit, meine Lieben«, gurrte Hanae mit einem Lächeln in der Stimme, das die doppelten Weihnachtskatzen plötzlich hoffnungsvoll aufblicken ließ, »haben sie bei weitem mehr Intelligenz bewiesen, als ihre Menschen. Mein Kompliment, Silky, Maunzi!«

Sie kniete nieder und streichelte beide. Sie erhielt ein zweifachen Schnurren zur Antwort.

»Ich denke, den beiden gefällt es so, wie es ist, und darum würde ich mich freuen, Jens, wenn du meiner Silky auch für die nächsten drei Monate, die ich noch in Japan verbringen werde, ein Zuhause geben würdest.«

»Das mache ich gerne. Ich habe die Kleine sehr lieb gewonnen.«

Sie fügte leise hinzu: »Und meinem Großvater könntest du weiter ein Freund sein. Er ist manchmal einsam.«

»Das will ich gerne. Er hat mich sogar schon gebeten, ihm bei seinen Recherchen zu helfen. Einen Job, den du wohl früher gemacht hast.«

»Ja, was nur zeigt, daß er großes Vertrauen in dich hat.« grinste sie.

»Wofür wir diesen beiden Katzenschlingeln zu danken haben.«

Er kniete ebenfalls nieder und kraulte Silky zwischen den Ohren, während Hanae Maunzi, der sich rücklings vor sie geworfen hatte, sachkundig den Bauch streichelte.

»Aber, Hanae – was machen wir mit den beiden, wenn du zurück kommst?«

»Dann, Jens, sehen wir mal.«

Und in den dunklen, wissenden Augen schimmerte eine Herausforderung ganz besonderer Art.

Viel später lagen Silky und Maunzi umeinandergerollt unter dem Tannenbaum, zu satt, um auch nur mit einem zu Schnurrhaar zucken. Doch sie waren genau wie die drei Menschen der Meinung, daß es ein richtiges und schönes Weihnachtsfest war und die Zukunft ungeahnte Möglichkeiten eröffnen würde.

Anmerkung der Autorin

Diese Geschichte ist ein kleines Denkmal, das ich unserem Kater Maunzi – Pelzmantel wie geschildert – und unserer Silky – von nämlichem Aussehen – setzen möchte. Beide haben sich in dieser Welt nicht getroffen, sicher aber in einer anderen. Maunzi kam zuerst zu uns, er hatte aus freiem Willen unser Heim zu dem seinen erklärt. Er wurde ein alter Herr und beschloß sein an Mäusen und Abenteuern reiches Leben, um auf die goldenen Steppen zurückzukehren. Sieben Monate später stand eine Nachbarin mit einer winzigen Katze auf dem Arm vor unserer Tür und fragte, ob es die unsere sei. Das Geschöpf sprang aus ihren Armen, sauste zielstrebig ins Wohnzimmer, legte sich auf Maunzis Sofaplatz und schnurrte uns an. Silky nannten wir sie, und sie glich wirklich bis aufs letzte Härchen unserem tief betrauerten Kater.

So machen sie es eben, diese Katzen.

Sind sie nicht wunderbar?